El precio del pasado

Kristel Ralston

El precio del pasado.
©Kristel Ralston 2016.
1era edición.
Amazon CreateSpace.

Diseño de portada: Karolina García R.

ISBN-13: 978-1530162444

"El recuerdo de la felicidad ya no es felicidad; el recuerdo del dolor todavía es dolor".

Lord Byron.

Las relaciones de codependencia emocional no son sanas. Si permaneces en una relación tóxica y que no te hace feliz solo hallarás desasosiego. El amor no es sufrimiento.

El final feliz, lo construyes tú.

Gracias por darle la oportunidad a Xander y C.J. de entrar a formar parte de tu biblioteca. Fue muy grato para mí poder contar la historia de ellos en este libro.

Besos y hasta la próxima,

Kristel.

Kristel Ralston

CAPÍTULO 1

Xander Zhurov había trabajado intensamente desde que se las arregló para montar una empresa de asesoría en diseño de interiores. Abrió su negocio a los veintiocho años, luego de trabajar duro para ahorrar y no tener que endeudarse con los bancos. Sus padres le habían dejado una pequeña herencia que también le sirvió para empezar.

Ahora, una década más tarde, Zhurov & Compañía era su mayor orgullo.

La cartera de clientes era amplia, y él llevaba una vida bastante cómoda, pero necesitaba un empujón para entrar en la élite social de Nashville y forjar conexiones que aportaran contratos con más alta rentabilidad. Él no contemplaba el fracaso, así que pensaba empujar y empujar el barco hasta que llegara al puerto que deseaba: reconocimiento y más dinero para ampliar su espectro de acción.

El contrato que tenía a la vista resultaba prometedor desde cualquier perspectiva. La única parte que a Xander le parecía absurda era la cláusula de confidencialidad. Quien quiera que fuese el tal C.J. Bostworth debía ser bastante paranoico para creer que a un arquitecto podría interesarle hablar sobre un cliente a terceros o inclusive con su propio equipo más allá de lo estrictamente necesario.

—Una oportunidad de oro —dijo Erick Danes, el jefe del equipo de arquitectos, mientras examinaba unos planos para la restauración de una pequeña iglesia que solía congregar inmigrantes de diferentes nacionalidades—. ¿Por qué te lo estás pensando tanto?

—Hay algo que no termina de convencerme —replicó. Y era cierto. Esa cláusula de confidencialidad no le gustaba nada. Si alguien necesitaba blindarse legalmente con algo tan sencillo debía esconder un secreto bastante lúgubre.

Erick soltó una carcajada.

—¿Qué es tan gracioso? —preguntó. Vivía desde los dos años en Norteamérica, pero había heredado sin duda aquel tono ligeramente áspero de su padre ruso.

—No puedo creer que no sepas quién es C.J. Bostworth.

—Resume —dijo de modo cortante.

—No es un hombre, sino la dama de hielo. Así la conocen entre murmullos. La mujer tiene una reputación de ser implacable y sin sentimientos, ruedan las cabezas cuando las cosas no se hacen como ella quiere… —Se encogió de hombros con una sonrisa ladina, mientras doblaba los planos y los introducía en un cilindro plástico para preservarlos—. Dicen que su exesposo la dejó por frígida...

Por algún desconocido motivo a Xander le incomodó el modo de hablar del arquitecto. De hecho, lo enfadó.

—No está bien que te expreses así de una mujer. Menos aún si va a ser un cliente de mi compañía y el puntal para expandirnos. Que te quede claro.

Erick asintió y reemplazó la sonrisa por una expresión más seria. Llevaba trabajando con Xander Zhurov lo suficiente para saber que no debía provocarlo. Era bastante amable, pero cuando se cabreaba era mejor esconderse.

—Quiero que lo supervises todo, Erick. No admito errores. Dile a Frank y a Reeva que no me importa si tienen que rediseñar el espacio donde se guardan calcetines o si acaso les exigen que se queden controlando a los obreros más del tiempo habitual. —Xander giró la esferográfica entre los dedos. Los abogados de la compañía habían revisado en la mañana el contrato y todo estaba en orden en términos legales. El pago era astronómico para su empresa, y la comisión para Erick, por haber logrado ese cliente, muy buena. La tal C.J. Bostworth le abriría las puertas de la alta sociedad y a nuevos contactos con ese trabajo—. ¿Está claro?

—Pero…

—¿Quieres o no tu bonificación? —cortó mirándolo con sus insondables ojos verde-azulados.

—Absolutamente.

Xander asintió y rubricó el contrato.

***

«Ahí está la estirada del piso tres.» «Seguro su marido la dejó porque se cansó de dormir con un cubito de hielo.»

Se escucharon risitas ahogadas.

C.J. apretó la mandíbula y mantuvo la espalda recta. Apretó con firmeza sus manos contra el bolso Hermès que sostenía contra su cadera. El elevador estaba lleno, y lo más probable era que esas personas no fuesen conscientes de que los murmullos llegaban hasta ella… o quizá, sí.

No se sorprendió en absoluto de los comentarios maliciosos a sus espaldas, pero no por eso dejaban de dolerle. Ya contaba dos años desde que su fallido matrimonio había acabado. Noah Caldwell le había dejado secuelas emocionales y también había echado al traste sus ilusiones románticas para siempre. El muy canalla mintió del modo más cobarde y cruel…

Cuando se abrieron las puertas del elevador, la opresión que sentía en el pecho disminuyó un poco.

Avanzó con la cabeza bien en alto por el pasillo del tercer piso del edificio donde se encontraba el centro neurálgico de

Bostworth Incorporated, la compañía local con más prestigio en tiendas departamentales de lujo, Bostworth Luxury. Sus dos hermanos mayores, Charles y Linux, viajaban constantemente para supervisar las tiendas en todo el estado, por lo tanto a ella le tocaba dirigir las operaciones desde la central en calidad de gerente general.

Su padre, Cyrus, era el presidente, pero estaba de viaje en el Mediterráneo con su madre celebrando sus bodas de oro de casados. Así que C.J. tenía todo el peso de la empresa en sus hombros durante el siguiente mes no solo ejerciendo como gerente general, sino como presidenta encargada.

—Buenos días, C.J. —dijo su asistente de cuarenta y ocho años de edad al verla. Le entregó la correspondencia y sonrió. Fanny Lunberg era eficiente y discreta—. ¿Quieres que te pida el almuerzo en el restaurante habitual o vas a ir a casa hoy?

—Comeré aquí en la oficina. —Miró el reloj con sus intensos ojos color verde—. ¿A qué hora es la cita con los arquitectos?

—A las doce y media.

—Bien. Avísame cuando lleguen, y no te olvides de traer café y pastas para ofrecerles. —Fue hasta su despacho y cerró la puerta tras de sí. Activó el seguro para que no la molestaran. C.J. ralentizó la respiración para contener el nudo que sentía en la garganta y el ardor de las lágrimas sin derramar.

Permaneció con la espalda apoyada en la puerta un rato. Los comentarios en el elevador no ayudaban ese día en su propósito de ser fuerte.

Llevaba años capeando no solo la envidia, sino el competitivo mundo profesional en el que se desenvolvía. A pesar de todo siempre lograba mantener su máscara de indiferencia, pero esta no era una de sus mejores mañanas.

Contempló su oficina. El sol de la mañana se filtraba generosamente por el amplio ventanal y creaba una atmósfera relajante en medio del caos que era el día a día en Bostworth Corporation. La empresa había sido fundada ochenta años atrás por su abuelo, Marcus, y posteriormente transformada por su padre, Cyrus, en una de las compañías más rentables de todo el estado de Tennessee.

Su padre era un gran mentor, y ella lo adoraba. Cyrus le había sugerido que tenía que empezar a salir de nuevo, que era una chica lista y que debía dejar de rechazar las invitaciones de los hombres simplemente porque uno le hubiera fallado. Ella solo le sonreía, pues su padre ignoraba el doloroso motivo detrás de su separación.

Con un suspiro sereno se apartó de la puerta y se descalzó.

Dejó sus Louboutin bajo el escritorio. Frotó con suavidad la planta de sus delicados pies. La fastidiaba tener que mostrarse siempre tan correcta, eficiente y organizada; sin un cabello rubio fuera de sitio y con la respuesta adecuada para cada pregunta. Echaba de menos a la chica risueña, relajada y que todavía tenía la ilusión de que el amor existía. Pero esa chica había sido débil e ingenua… La C.J. de ahora le parecía una apuesta más segura.

Encendió el portátil y se concentró. Atendió varias llamadas telefónicas, pero Fanny no le reportaba ninguna novedad sobre los representantes de Zhurov & Compañía. El tiempo empezó a pasar con bastante celeridad.

—¿Fanny? —preguntó llamando desde el interfono.

—C.J., la comida llegará dentro de un momento.

—Gracias, pero quiero saber qué ocurrió con la empresa de arquitectos que contraté. El equipo legal me acaba de enviar una copia del contrato firmado, así que los arquitectos debieron llegar hace tres horas —expresó molesta.

—Lo siento, he intentado contactarme con el señor Danes, el representante encargado de nuestra cuenta, pero me salta la contestadora. Llamé a las oficinas de la compañía, y la recepcionista me comentó que el presidente está fuera atendiendo una obra. No me quiso facilitar el número de móvil cuando pregunté por…

—Las excusas no nos sirven —interrumpió—. Si no se presentan hasta las tres de la tarde, llama al jefe del equipo legal e indícale que el lunes a primera hora nos reunimos para hablar de las penalidades por incumplimiento.

—Quizá tuvieron un contratiempo… —se apresuró a decir la asistente—. A veces la tecnología falla, ¿estás segura de querer llamar a los abogados? —preguntó con cautela. Fanny conocía a C.J. desde hacía varios años y sabía que detrás de esas sonrisas frías y el tono autoritario todavía se escondía la vieja C.J., aquella simpática y cálida que muy pocos tenían el gusto de conocer—. Nos tomó un buen tiempo encontrar la mejor compañía para tus propósitos y…

—Pues al parecer no son tan buenos si no pueden cumplir con una simple visita o tener la gentileza de dar explicaciones. —Soltó un suspiro. La semana había sido agotadora—. Si hasta las cinco de la tarde no he sabido de ellos, tú llamarás al departamento legal. ¿Está claro, Fanny?

—Totalmente.

—Gracias. —Colgó.

***

—Repite lo que acabas de decir —dijo Xander con voz preocupada. Apenas lograba entender las palabras de Erick, pues este las susurraba.

—Tu… tuve un accidente de tránsito. Me disloqué el hombro y tengo rota una costilla. Estoy en el hospital todavía. Con todo el trajín y el papeleo, el tema del seguro del otro coche…

—¿Estás bien?

—Sí, dentro de lo que cabe, pero de todas formas iba a tomarme unas vacaciones —dijo intentando bromear—, supongo que ahora es el mejor momento para hacerlo. No voy a serte de mucha utilidad en la oficina ni en las obras… Y a propósito de las obras, Xander, no pude ir a la reunión con Bostworth…

—Supongo que habrán convenido otro día. ¿Cuándo?

Erick dudó y luego habló con cautela.

—No alcancé a llamar porque el accidente ocurrió cuando

iba rumbo a la reunión, y luego con todo el proceso médico… Lo lamento…

—Tu salud está primero —dijo con sinceridad. Sin embargo, eso no disminuía su preocupación por el cliente—. Es obvio que lo último que hubieras pensado en el trabajo. Mejórate, Erick.

—¿Qué pasará con ese contrato? —preguntó con culpabilidad.

—Yo me encargaré de todo. Todos los empresarios debemos entender que no siempre las cosas salen a la perfección. Estoy seguro que la señorita Bostworth es igual —aseveró con habitual tono autosuficiente—. Instruye a Reeva y a Frank para que asuman tus cuentas hasta que puedas estar de regreso.

—Lo siento, Xander… ya son las cinco… debí llamar antes…

—El personal humano es más importante —aseveró—. Repórtate con recursos humanos para que tramiten el seguro médico corporativo. Nos vemos en unas semanas.

—Gracias, jefe. Intentaré poner de mi parte para recuperarme pronto.

Xander había aprendido que depender de otros para lograr resultados era absurdo. Él tenía que llevar las riendas.

Tomó la chaqueta del perchero y salió. Era hora punta, así que bajó al garaje de la empresa, pasó del Porsche azul y se montó en su moto Ducati negra. Se puso el casco y luego encendió el motor.

CAPÍTULO 2

La casa de dos pisos en el barrio de Green Hills, le pertenecía a C.J. La había adquirido cuando los dueños decidieron deshacerse de la propiedad porque llevaba años sin usarse. Ella se dio a la tarea de readecuarla, pintarla con mimo y ponerle todos los detalles a su gusto. La propiedad tenía tres habitaciones, dos baños completos, una cocina fantástica y una cómoda sala con chimenea, además de un comedor verdaderamente adorable. El patio era un sueño: tamaño mediano, con piscina, y una pequeña área para hacer barbacoa.

A la remodelación de la casa le faltaba un par de pequeños detalles y para ello había contratado a la empresa de diseñadores de interiores. De hecho, no solo se trataba de readecuar su casa, pues sus padres estaban de viaje, ella quería darle como obsequio de aniversario de bodas a Cyrus, la remodelación completa de su despacho en la compañía. Tenía unas semanas para conseguirlo.

Agosto era un mes muy caluroso, y ese año la madre

naturaleza hacía honores a ello. Luego del masaje de Chiara en el centro de la ciudad, C.J. llegó a casa y se zambulló en la piscina. El patio estaba bordeado por altas cercas de madera y reforzada con enredaderas para darle privacidad. Con una sonrisa contempló el cielo mientras movía ligeramente los pies y manos para mantenerse a flote sobre el agua.

Cuando el ocaso empezó a apoderarse se acercó nadando hasta el borde de la piscina y empezó a subir las escaleras. Casi se resbala del último escalón cuando vio un hombre entrando por la puerta de su patio. Lanzó un grito despavorido y se apresuró a correr dentro para encerrarse con llave y llamar a la policía.

El hombre la siguió y no le dio oportunidad a cerrarle la puerta en la cara.

—¡Espere! —gritó el desconocido al llegar tras ella hasta la cocina.

C.J., asustada, tomó lo primero que encontró a la mano. Un sartén.

—Si no se larga lo mataré —amenazó blandiendo el utensilio de cocina con fuerza. Respiraba agitadamente—. ¡Fuera de aquí! ¡Gritaré hasta que los vecinos me escuchen y vengan a ver qué ocurre!

Xander la miró con el ceño fruncido. La mujer parecía no percatarse de que estaba en un minúsculo bikini negro e intentaba amenazar a un hombre que la sobrepasaba en fuerza y tamaño con creces, nada menos con un sartén.

Él no podía decir mucho a su favor, después de todo se había colado en la casa como un vulgar ladrón. «Situaciones extremas, merecen acciones extremas», pensó, justificándose.

—Estuve llamando a la puerta durante más de veinte minutos —habló pausadamente y muy consciente de las curvas de sirena que tenía ante él. Quizá no era voluptuosa como a él solían gustarle las mujeres, ella era más bien esbelta, pero agitó un anhelo vivo en él que lo dejó inquieto. C.J. tenía un cuerpo proporcionado, sensual y elegante. Tendría que ignorar esa parte—. Fui a buscarla a su oficina, señorita Bostworth, pero ya no estaba. Me dijo la señora Lunberg que podría encontrarla en su casa…

—¿Y decidió invadir mi propiedad? —interrumpió, colérica. Odió sentirse vulnerable. No tenía cómo defenderse… a menos que avanzara lentamente a su izquierda un par de pasos y se hiciera con uno de los cuchillos. No tenía mala puntería, así que quizá…

—Espero que no esté pensando en rebanarme con uno de esos cuchillos —dijo Xander leyendo las intenciones—. No he venido a hacerle daño. Tenía que hablar con usted. Supongo que —la miró con una sonrisa amable—, no podemos charlar si está tiritando. —Sonrió. Sacó de su bolsillo trasero una tarjeta de presentación y se la extendió. C.J. la tomó—. Aunque no intento justificar mi intromisión, la puerta del callejón estaba abierta. Quizá no fue lo más sensato adentrarme sin esperar a que usted atendiera, pero lo cierto es que su contrato es importante. No me gusta dejar una mala imagen. Y le pido disculpas por haberla asustado de esta forma.

C.J. sintió una respuesta visceral de su cuerpo al ver la apariencia recia y viril de ese hombre. Parecía un dios griego. Moreno, ojos de un verde-azulado, y era alto. Muy alto. Fácilmente podía imaginárselo como un guerrero: calmado al negociar, pero agresivo cuando no se salía con la suya. Y ella, en cambio, estaba casi desnuda, mojada y seguramente luciendo como una idiota a la que se le había ido la olla al intentar amenazarlo con algo tan ridículo como un sartén.

Dejó el utensilio a un lado.

—¿Quién es usted? —bramó cruzándose de brazos. «Idiota. Eso debió ser lo primero en exigir saber.»

—Xander Zhurov. —Le entregó una tarjeta de presentación que tenía su fotografía. C.J. la tomó con desconfianza. «La empresa de diseño de interiores.» Necesitaba ganar tiempo. No le importaba que fuese el secretario de Barack Obama o el primo hermano del Papa Francisco. Se mostraría calmada, porque era el único modo de afrontar la situación. Estaba en desventaja.

—Mis abogados se pondrán en contacto con su compañía el día lunes —zanjó ella—. Las personas irresponsables no merecen trabajar conmigo. Solo elijo a los mejores, y creo que esta ocasión me equivoqué. La puerta está siguiendo el pasillo a la izquierda. No se le ocurra volver a intimidarme de esta manera o pienso denunciarlo.

Xander dio un paso hacia adelante con la mandíbula apretada. Ella era la dueña de la compañía para la que quería trabajar. Era su puerta a otros contactos. Necesitaba que lo escuchara, no que se sintiera incómoda.

C.J. retrocedió instintivamente.

—Señorita Bostworth —empezó con suavidad—, insisto, lamento haberme colado de este modo en su casa. Me gustaría que me escuchara antes de enviar a sus abogados a hablar con los míos sobre el contrato. Si no la convenzo con mi explicación de por qué Erick Danes no acudió a la cita de hoy, entonces puede dar por terminado el contrato o aplicar las sanciones que estime conveniente. ¿Le parece justa esta propuesta?

Su juicio con respecto a los hombres no era el mejor, pero en este caso solo se trataba de algo profesional y en los negocios su sensatez era excepcional. Tenía que pensar que no conocía a ese hombre. Aunque la tarjeta de presentación tuviese su foto no era garantía, ¿y si era falsa y estaba ahí premeditadamente para atacarla?

—Bajaré en un momento, señor Zhurov —dijo antes de desaparecer con la mayor dignidad posible. Le hubiese gustado gritarle, lanzarle cosas hasta que se largara, pero hubiera quedado en ridículo. Él la había observado con aquella mirada que la incomodaba de un modo que no podría definir... era demasiado íntima... demasiado... sobrecogedora.

Xander la contempló mientras se alejaba. Se pasó una mano por el rostro. La mujer era una preciosura. ¿Por qué decían que era una reina de hielo? Cada poro de su piel destilaba pasión: la forma de hablar y su expresión corporal.

Él la había pillado en una situación bastante infrecuente y quizá por eso la naturaleza verdadera de C.J. había surgido sin artificio. Ella no llevaba ni una gota de maquillaje. Y ni falta que le hiciera, pensó, mientras deambulaba por el salón.

Le pareció una casa acogedora, para nada ostentosa a pesar del elegante barrio en donde se encontraba. Un sitio muy femenino, pero con carácter. Le gustó el diseño. Los ángulos estaban trabajados de tal manera que el aspecto al entrar era el de una agradable cabaña de lujo de los años sesenta convertida en una mansión del siglo veintiuno. Una mezcla interesante.

Xander recorrió una pequeña estantería de madera color blanco en donde había varias fotografías familiares. Sonrió al ver que C.J., lucía desenfadada, natural y disfrutaba en una de las fotos en familia, en lo que parecía haber sido un picnic. Continuó su recorrido visual y se topó con un sobre a nombre de Cassandra Jane Bostworth. Estaba abierto. Lo volvió a dejar en su sitio.

«Así que Cassandra.» Era un nombre sensual y definitivamente le quedaba mejor que ese horrible mote de "C.J." Antes de que ella bajase las escaleras, Xander escuchó la sirena de policía. Frunció el ceño, pero no prestó mayor atención, después de todo era un barrio seguro y de gente adinerada.

Se cruzó de brazos, al tiempo que observaba el tallado de una pequeña estatuilla de madera. Era preciosa. Un molino de viento.

Llamaron a la puerta con firmeza. Xander esperó a que C.J. bajase las escaleras. No lo hizo. Él se apartó de la estantería y se puso de pie en el rellano de las escaleras que daba a la planta superior. Ella no aparecía.

—¡Señorita Bostworth, abra la puerta! Recibimos la llamada del número de emergencias. ¿Está usted bien?

Xander se quedó en blanco. ¿Había llamado a la policía? ¡Dios!

—¡Señorita, Bostworth! —insistieron del otro lado de la puerta con voz potente y acompañada de los nudillos contra la madera. En el silencio de la tarde, se escuchaba también el sonido de la radio portátil de la patrulla.

Estaba a punto de girar para abrir la puerta, cuando apareció C.J. Bajó las escaleras sin mirarlo, pero él pudo notar que no estaba en absoluto cómoda ante la idea de tenerlo en la sala y además a sabiendas de que había llamado a la policía. Él la dejó pasar, aunque se cuidó de dedicarle una mirada penetrante.

C.J. había aprovechado la soledad de su habitación para llamar al número de emergencia. Ni idiota que fuese. Aunque luego de ver el rostro desconcertado y enfadado del tal Xander, si es que era su verdadero nombre, se sintió ligeramente insegura. Pero, ¿acaso no era algo que cualquier mujer en sus cabales hubiese hecho?

«No puedo creer esto», escuchó C.J., murmurar a Xander, mientras ella abría la puerta de par en par.

Dos policías muy altos y fornidos aparecieron ante ella.

—¿Señorita Bostworth? —preguntó uno de los oficiales. Matthew Ferguson, según lo que decía en la placa adherida a la camisa azul marino.

—S…sí. Soy yo —replicó con una sonrisa tímida.

—¿Está usted bien? —preguntó el otro oficial. Bradley Courick. Alto y de ojos negros, intimidaba.

—Yo…

Xander se aproximó al umbral de la puerta y reconoció a uno de los oficiales.

—¿Courick? ¿El de la secundaria Roosevelt? —preguntó el arquitecto.

La sonrisa del oficial se ensanchó.

—¡Vaya, Zhurov! —El oficial se aproximó y se dieron un fuerte abrazo—. Te ves estupendo para tener casi cincuenta años —dijo bromeando, y arrancando una carcajada de Xander.

—«Trágame tierra, trágame ya y escúpeme en Tailandia», pensó Cassandra—. ¿Ahora vives aquí? —preguntó. Luego miró a C.J.

—. ¿Qué sucede? Ella llamó pidiendo ayuda —dijo de pronto ahora con un tono serio, mientras su compañero fruncía el ceño—. ¿Violencia doméstica?

—Yo… creo que me confundí, oficiales… —murmuró C.J., sonrojada.

—¿Solo eso? —lanzó Xander sin ocultar su irritación.

—Es que él se coló en mi casa, y dijo ser un arquitecto que contraté… es un cuento largo, pero en conclusión temí que fuera un criminal…

—Entonces hizo bien en llamarnos, porque estamos para proteger a nuestros ciudadanos, señorita —acotó Ferguson.

—Gra…gracias.

—¿No está siendo intimidada? Puede decirlo, nosotros la llevaremos a un sitio seguro o bien arrestaremos a este hombre —insistió Ferguson.

—¿Ustedes se conocen? —preguntó a Xander, y señalando al oficial.

—Me parece que es bastante evidente, ¿verdad? —contestó el arquitecto, visiblemente irritado.

—Oh…

—Entonces, ¿falsa alarma? —preguntó Courick.

—Me temo que sí, oficiales… lo siento… gracias por venir —expresó C.J.

El rostro de los oficiales se volvió diáfano. Y ambos asintieron al mismo tiempo.

—Espero que vayas a la reunión de graduados a finales de otoño, Zhurov. Será bueno ganarte en la cancha de fútbol —dijo Courick, estrechando la mano de su excompañero de secundaria, y despidiéndose de C.J. con una sonrisa.

Cuando los dos oficiales se alejaron en la patrulla, C.J. no quería voltearse.

—¿Y bien? —preguntó Xander.

A ella no le quedó más remedio que cerrar la puerta y enfrentar los hechos causados por su miedo. Justificado, por supuesto. Se giró hacia Xander.

—No tengo que darle explicaciones. Si un extraño entra en su casa, por el motivo que fuera, ¿acaso no pensaría también en llamar a la policía o incluso si tuviese un arma, utilizarla?

Él la sorprendió con una sonora carcajada. La mujer tenía su punto, pensó. Lo más probable es que él hubiese actuado de la misma manera. Claro, en su caso habría utilizado un arma.

No podía quejarse de la acción tomada por C.J., aunque no por eso dejaba de asombrarlo el hecho de, por primera vez en su existencia, tener que lidiar con un equipo de policía.

Una gran coincidencia que Courick hubiese decidido hacer su turno a esa hora del día, pues le evitó un mal rato y además cercioraba su identidad ante C.J. Lo invitaría a una cerveza a su amigo en algún momento.

—Ahora que sabe que soy quien digo ser, ¿acepta mis ya reiteradas disculpas por haberme metido en su casa, señorita Bostworth?

No iba a hacer más drama. Al menos no con la identidad del hombre.

—Sí, acepto sus disculpas. Ahora, yo soy muy ocupada, así que terminemos con esta situación inusual. Por favor, tome asiento. —Llevaba un vestido azul marino de verano. Mangas cortas, entallado en la cintura, y caía hasta la altura de sus rodillas. Unas flats a tono y el cabello todavía ligeramente húmedo peinado hacia atrás. Nada podía hacer con la visión que él ya había tenido de su cuerpo en traje de baño, seguro se habría dado cuenta de que sensualidad o feminidad era lo que menos destilaba—. ¿Le ofrezco algo de beber?

—No, gracias. ¿Puedo llamarla Cassandra?

Ella lo miró con sorpresa, y empezó a formar una pregunta con sus labios, pero él se le anticipó.

—Un sobre de la estantería —la señaló con el índice— tenía su nombre. No lo abrí. No soy mal educado —explicó.

C.J. asintió lentamente. Ese hombre parecía rudo, pero sus modales no lo eran, salvo por su intrusión en la casa. Su aspecto de intimidante guerrero contrastaba con la cadencia envolvente de su tono de voz, y aquel cuerpo atlético y musculoso que se suavizaba con la ropa a medida.

Se preguntaba cómo sería cuando Xander Zhurov perdiese el control. ¿Sería su estallido como un momento épico de fuerza y virilidad… por ejemplo en la cama? Al darse cuenta de que él esperaba una respuesta, se sonrojó.

—Nadie me llama Cassandra… —Era ridículo, pero el

hecho de que él la llamara por su nombre de pila le parecía apropiado. En labios de Xander, sonaba más a una caricia. Definitivamente estaba perdiendo sus cabales—. Todos me conocen como C.J., así que puede hacer lo mismo.

Él quiso rebatir diciendo que era un mote demasiado simplón para describirla, y que Cassandra era más cautivador. Al final no estaba en esa casa para decirle nada a esa mujer que no fuesen temas de trabajo.

—Bien —replicó Xander, mientras se sentaba en el sillón de tapiz blanco. Muy confortable para un hombre grande como él. De pronto sintió curiosidad por la máscara de suficiencia que ahora llevaba la mujer. ¿Quién era en realidad? Bueno, él tenía a Caroline, su amante, no necesitaba perder el tiempo con una mujer estirada. Mejor dejaba sus apreciaciones masculinas de lado—. Será C.J., entonces.

C.J. se sentó frente a él.

—Quiero escuchar su explicación y luego le pediré que se marche.

Xander no podía mostrarse tan airoso como solía ser cuando lo trataban como si fuese una molestia. ¿No conocía acaso esa mujer la reputación de su compañía? Era una de las mejores de todo Tennessee. Pero las circunstancias eran diferentes, así que asumió el rol en base al contexto.

—Soy el presidente de la compañía. Tengo tres equipos de profesionales asignados para diferentes clientes. Yo me encargo de la cartera más antigua, y ellos, las nuevas. Erick Danes iba a llevar los requerimientos de Bostworth Corporation. Durante el camino hacia su oficina tuvo un grave accidente de tráfico. Tiene un par de contusiones y no podrá moverse en varias semanas. Así que por ese motivo no pudo acudir a su cita y yo no me enteré del suceso hasta hace una hora y media que fui a buscarla a la oficina para comentárselo. No podía permitir que se llevara una mala impresión de mi empresa.

C.J. asintió.

—Siento lo del señor Danes —dijo sinceramente—. ¿Eso implica que me asignaría otro equipo?

—No. Eso significa que yo personalmente me haré cargo de su cuenta para garantizar no solo la calidad del trabajo, sino para demostrarle que mi empresa es seria y comprometida.

—De acuerdo —expresó fingiendo indiferencia. La sola idea de tener a ese hombre en su casa la ponía de nerviosa—. Sígame, por favor, y le enseñaré los sitios de la casa que necesito readecuar.

Eso generó una expresión de sorpresa en Xander.

—¿Su casa?

Ella sonrió. No era una sonrisa cálida, sino más bien de suficiencia.

—El contrato tiene una cláusula de confidencialidad por ese motivo. Cualquier cosa que usted o su equipo escuche no puede salir a la luz pública. Incluyendo el incidente de hoy. Tampoco sus apreciaciones al respecto. Nada.

—¿Porque es usted una criminal? —preguntó Xander con tono bromista.

Lo miró, seria.

—No, señor Zhurov, sino porque el pasado siempre ronda —dijo en forma críptica—. Ahora, sígame, por favor. Le enseñaré los espacios que necesito mejorar.

Recorrieron la casa, charlaron sobre inquietudes o sugerencias del trabajo a realizarse, mientras Xander tomaba nota mental de todo. La habitación de invitados era un desastre, evaluó el empresario. Estaba bastante vieja y tendría que cambiar el suelo de parqué, las vigas del techo y hacer un buen diseño para redistribuir el espacio, pues C.J. quería que el sitio tuviese más luz. Para ello tendría que ampliar la pequeña ventana que daba a la calle.

Luego pasaron por la biblioteca o al menos lo que había sido de ella. El olor a moho todavía se percibía en el aire. Las estanterías estaban corroídas por las polillas y el sitio lucía lúgubre y no invitaba a nadie a querer leer nada, sino a escaparse de allí lo antes posible. Después bajaron las escaleras y salieron al patio.

—Esta es la parte más importante de su trabajo —dijo y

abrió la puerta maltrecha de la que otrora había sido una gran bodega—. No hay luz. Está lleno de objetos viejos y sin uso. Quiero que diseñe un cuarto de dibujo. Necesito ventanas, también una pequeña chimenea y un anaquel amplio para guardar utensilios propios.

Él contempló alrededor, estudiándolo.

—Se puede sacar ventaja para un segundo piso. Quizá en la parte inferior podemos dejar la chimenea. El espacio para los utensilios que solicita, podría ser una suerte de abastecedor de materiales para así habilitar la construcción de una planta superior y adecuarla con suficiente amplitud para que haya caballetes y libertad de movimiento.

Ella sonrió, y Xander pensó que lucía más hermosa de ese modo. Sintió ganas de besar esos labios delicados y rosados. Apretó la mandíbula. Era su pase a la expansión de su empresa. No era una mujer para involucrarse de ninguna manera.

—Me gusta la idea —dijo complacida.

—¿Hay algo más que trabajar en el área?

—No. El día lunes quiero que pase por mi oficina y recorra el despacho de mi padre. Esa es la segunda parte del trabajo. Quiero cambiarlo totalmente. Darle un toque más moderno y cálido. Lleva en el mismo estado desde que mi abuelo fundó la compañía. Es mi regalo de aniversario de bodas para él —expresó con entusiasmo—. Pasa la mayor parte del tiempo en ese despacho así que merece que sea más funcional y acogedor.

Salieron del patio y cruzaron la puerta de la cocina.

Caminaron hasta la sala.

—Tengo varias reuniones programadas, pero en cuanto me sea posible pasaré por su oficina. La haré llamar de mi asistente. ¿Tiene alguna hora en específica que le venga mejor?

—A las cuatro de la tarde.

—Estupendo. —Miró el reloj—. Si no hay nada más que ver…

—Es todo.

Él asintió y le dedicó una sonrisa.

—Hasta lunes. Y lamento el modo en que nos hemos conocido.

—Espero que no vuelva a ocurrir.

—No lo creo —sonrió—. Adiós, C.J.

Ella murmuró una incoherencia cuando lo vio alejarse. Se fijó en que tenía un buen trasero. Sí, quizá era hora de que empezara a tratar de coquetear un poco con el sexo opuesto. Voluntad no le faltaba, tampoco oportunidades. Lamentablemente muchos de sus pretendientes se acercaban con la misma motivación que había tenido Noah: sus vínculos empresariales. Luego estaba el otro grupo: los que querían demostrar que había logrado conquistar a la dama de hielo. Ella no estaba dispuesta a darles de qué hablar a su costa.

***

Cuando llegó a casa, Xander fue hasta el frigorífico y sacó una cerveza. La destapó y luego dio dos largos tragos. Sintió la garganta fresca. Había sido un encuentro bastante interesante el de ese día.

Se preguntaba por qué Cassandra era tan reservada. ¿Qué habría motivado a la gente para que la llamaran, dama de hielo? Si de algo estaba convencido era de que estaba dispuesto a todo no solo para consolidarse comercialmente, sino para desentrañar los secretos de C.J. Bostworth.

—¡Hola, Xander! —dijo una voz femenina desde la puerta metálica que daba a una entrada que muy poco usaba de su casa. Él puso los ojos en blanco.

No tenía ganas de ver a su vecina. Melissa era un incordio absoluto. Se habían acostado dos veces. Cuando quiso dejarla, seis semanas atrás, ella no logró comprender del todo el mensaje. Insistía en que estaban bien juntos.

Él no era ningún cretino, no podía echarla. Lo cierto es que Melissa era una buena persona, aunque demasiado dependiente. Un gran error por su parte haberse acostado con

25

una persona que vivía a varias casas de distancia, sin duda. No volvería a incurrir en una equivocación de ese tipo.

—Melissa, ¿todo bien? —preguntó dejando la cerveza en la mesa, antes de encaminarse hacia la puerta. Abrió, y la mujer prácticamente se echó a sus brazos.

Al sentir la renuencia de Xander, la pelirroja se apartó con un puchero.

—Sí —sonrió—. Quería saber si acaso te gustaría venir a cenar conmigo. He cocinado lasaña. Allan se ha quedado a dormir en casa de unos compañeritos de la escuela esta noche —dijo de forma sugerente.

Puso una mano en el hombro de la muchacha. Era madre soltera y a Xander no se le iba de la cabeza que solo andaba tratando de cazar un esposo. No iba a ser él. No tenía tiempo para una familia.

—Vaya, suena genial, pero tengo una reunión dentro de poco.

—Oh… ¿Quizá al regreso tomamos un copa? —preguntó esperanzada.

Ciego no era. Y sabía apreciar una mujer guapa y con buenas curvas. Melissa Sanders entraba en esa categoría. Pero la novedad de dos noches era suficiente. En general solía ser así con la mayor parte de las mujeres con las que se acostaba. Disfrutaba un par de noches, luego prefería ir a su aire, salir con sus amigos y trabajar como un burro hasta conseguir lo que deseaba: expansión corporativa.

—Lo siento, Melissa. Creo que ya hemos hablado antes. Eres una buena chica, y…

—No sigas. Supongo que estás interesado en alguien. ¿Es eso? ¿Y yo solo he sido un mero entretenimiento? —preguntó, furiosa.

Él frunció el ceño desconcertado por esa reacción. No le había hecho ninguna promesa.

—No estoy interesado en nadie, y creo que dejé claro que tú y yo solo teníamos sexo. Y ya se acabó. Ahora, si me disculpas…

—Eres un egoísta.

—Probablemente —repuso con cansancio.

Melissa torció el gesto y se fue dando un portazo. Xander subió a su habitación. Estaba molido.

Curiosamente esa noche soñó con una mujer rubia y de intensos ojos verdes. Una mujer de curvas elegantes y cuyo nombre pronunciaba mientras la acariciaba con avidez. Cassandra.

CAPÍTULO 3

Cassandra tenía al equipo de Xander trabajando en casa desde hacía ya tres días. Avanzaban bastante rápido y ella apenas notaba las molestias. El hombre era muy competente y no la llamaba para preguntarle tonterías. De hecho, apenas lo había visto en todo ese tiempo. El día lunes que estuvo tomando las medidas en la oficina de Cyrus, y ella indicándole exactamente lo que deseaba en ese despacho, fue la una ocasión, luego de aquel raro encuentro en su casa de Green Hills, en que habían entablado una charla profesional.

—C.J., ¿por qué sigues en la oficina? —preguntó su asistente con una expresión de desconcierto. El acondicionador de aire estaba al máximo, las temperaturas eran sofocantes. Pero no podían dejar de trabajar por el calor.

—Porque esta empresa no tiene por qué estar sin un jefe que la dirija —repuso con una sonrisa.

—Es tu cumpleaños por el amor de Dios. ¿Por qué no te vas a casa temprano? Consigues una cita como debería una mujer tan guapa como tú. Vamos, C.J., son las cinco de la tarde. —Contempló un montón de obsequios organizados en una esquina de la oficina de la gerencia—. Le diré al chofer de tu padre que te lleve los regalos a casa.

C.J. se recostó contra la silla de oficina que había mandado hacer. Era preciosa y muy cómoda para sus problemas de espalda. A ninguna otra persona le hubiese permitido hablarle de esa manera, pero su asistente llevaba tiempo con ella y la conocía. Era una colaboradora excelente y tiempo atrás, cuando su vida aún estaba sobre ruedas, la solía escuchar sobre sus temas profesionales y aconsejarla.

—Fanny, creo que a partir de los treinta las mujeres no queremos saber de cumpleaños.

Fanny la miró boquiabierta. Luego hizo una negación con la cabeza.

—Si hoy cumples apenas treinta y dos. Estás en la flor de tu juventud. Tienes toda la vida por delante.

—Seguramente si hubieses sido mi carabina en la Inglaterra del Siglo XVIII, te habrían despedido por decir semejante disparate.

Fanny rio.

—Solo por hoy, ¿de acuerdo? Quién sabe y te encuentras con un hombre guapísimo como ese arquitecto que trajiste el otro día. ¡Vaya bombón! Puedes incluso buscar una cita por internet con esto que está tan de moda. ¿Tinder?

C.J. se echó a reír. Era cierto. Xander era un hombre con todas las letras del caso. Pero trabajaba para ella, y ella no solía mezclar trabajo con placer. No quería volver a pasar por una situación como la de Noah. El muy cretino.

Apenas salió la sentencia de su divorcio recuperó el apellido de soltera. Llevar el apellido Caldwell después de la humillación que había sufrido a manos de ese imbécil le parecía masoquismo. Y ella ya tenía la lección bien aprendida. Prefería un hombre lejos de su círculo de trabajo.

—Tengo que… —negó con una sonrisa—. ¿Sabes, Fanny? Quizá sea un momento para darme un gusto con miles de calorías.

—Eso es chica. Vete que yo guardaré el fuerte. Solo es un día. No va a pasar nada.

—Solo un día —repitió con una sonrisa, antes de incorporarse y empezar a recoger sus pertenencias.

El día de su cumpleaños no era particularmente especial para C.J., pues toda su familia estaba esparcida por varios puntos del globo haciendo diversas actividades. Todos la habían llamado muy temprano en la mañana, eso sí, además le prometieron ir a cenar juntos apenas las agendas coincidiesen en Nashville.

Treinta y dos años. ¿Qué podía tener como recuento? Un matrimonio fracasado que duró apenas tres meses. Una vida sexual inactiva desde hacía dos años. Decepcionada del amor. Aunque su vida laboral iba viento en popa. Nada era perfecto. Ella era el ejemplo idóneo para esa frase.

Cuando conoció a Noah, ocho años atrás, él trabajaba en el área de importaciones de la corporación Caldwell. Una reputada compañía que se dedicaba a traer a Tennessee artículos de lujo para automóviles de colección y repuestos. Era un nicho muy exclusivo el que trabajaban y su padre, Cyrus Bostworth, quiso darle un toque más elitista a la cadena de tiendas Bostworth incluyendo en el abanico de opciones de compra lo que Caldwell ofrecía.

Hubo paseos en casas de veraneo con los Caldwell, fiestas, días de campo, picnics y otros acontecimientos familiares y sociales en los que Noah siempre estuvo incluido desde la firma del convenio. Una década de vigencia del contrato, y con fecha de caducidad a las puertas.

En un principio Noah le resultó un poco remoto en su forma de comportarse con ella. Pero su vena intelectual, la amena conversación y un cuerpo de infarto la impulsaron a mirarlo desde otro ángulo. Pronto descubrió que era un hombre protector y celoso de su privacidad. Demasiado.

Fueron buenos amigos durante varios años. La aconsejaba sobre sus relaciones de pareja, hasta que pronto empezó a sentirse atraída por él. Intentaba quitarse de la cabeza esa idea, porque detestaba mezclar negocios y placer. No es que ella tuviese trato directo con él, sino más bien lo hacía su padre, pero era lo mismo en su perspectiva.

Una noche, luego de regresar del cine en compañía de varios amigos, Noah le dijo que estaba enamorado de ella. C.J., no podía creerlo, pues jamás se había comportado de modo que pudiese interpretar como amor los gestos que tenía hacia ella. En un principio lo rechazó educadamente. Pero él era insistente, detallista y parecía conocerla al dedillo.

No era dada a tener sexo con cualquiera. Sin embargo, Noah le gustaba. Mucho. La química no era electrizante, pero ella no necesitaba eso en su vida. Prefería la calma y el control, al caos. Al parecer él estaba en sintonía con su forma de pensar. Tres semanas después de salir juntos, le propuso casarse.

La propuesta de matrimonio la había sorprendido. Noah le dijo que la conocía desde hacía años y que era ridículo postergar lo inevitable, y que en el amor las cosas no se medían por tiempos. Tan boba, le creyó.

Su padre se mostró exultante y su madre, también, pues le tenían afecto a Noah y a sus padres, Catalina y Justus Caldwell. A ella le pareció el curso normal a seguir. Años de amistad. Comprensión. Compañerismo. Atracción sexual.

La sorprendió mucho cuando él le dijo que prefería esperar casarse para que el sexo fuera más especial. Eso era muy distinto a lo que los hombres solían decirle. Cuando salía con algún chico, no tardaban en querer meterse en sus bragas. Noah, no. Y fue esa capacidad de autocontrol lo que terminó de convencerla de aceptar casarse con él.

La ceremonia fue preciosa. Estuvo la familia de ambos al completo, los amigos más cercanos. La única pega de C.J., siempre era la actitud del mejor amigo de Noah, Armie. El hombre parecía odiarla, pero cuando Noah estaba alrededor era el encanto personificado. Los padres de Noah, la adoraban. El matrimonio de los Caldwell sí era sincero.

Si ella hubiese sido más astuta hubiera evitado tres meses infames y plagados de mentiras y decepciones. Lo hecho, hecho estaba.

Desde su fallido matrimonio ya habían pasado casi dos

años.

Ahora, no podía dejar a la luz el secreto que tan bien guardado llevaba consigo. No solo porque sería la comidilla de la alta sociedad, más de lo que ya lo era actualmente, sino porque el departamento de partes de autos de colección de la cadena de tiendas Bostworth Luxury generaba en una venta lo que otros departamentos tardaban dos meses.

Ella no podía permitir que su padre sufriera por un error suyo.

Esperaba que los próximos meses pasaran rápido. Apenas volviese su padre del Mediterráneo, le diría que renovar el contrato con Caldwell era una mala idea. Ojalá que su padre pudiera convencerse de lo mismo y encontrara el modo de reemplazar ese departamento por otro igual de rentable.

Bajó de su automóvil.

Abrió la puerta de su casa, y el aroma de madera recién pintada le llegó desde el lobby. Caminó frunciendo el ceño. Eran las seis de la tarde. El tráfico de la hora punta la había detenido un poco y además se pasó por una pastelería para comprarse su dulce favorito de chocolate con almendras. Su cumpleaños merecía esas miles de calorías en su cuerpo.

Abrió la puerta corrediza del patio y asomó la cabeza.

Estaba vacío. El material de trabajo de los arquitectos y constructores yacía esparcido por doquier. Se veían los primeros vestigios de su casa de dibujo. Eso la hizo sonreír. Zhurov & Compañía, tenía un plazo de dos semanas para dejarlo todo a punto. Después de todo, al parecer, su vida, tan normal y aburrida como siempre, mantenía los cánones del control que ella tanto prefería.

Preparó un baño de burbujas. Puso a helar el champán. Encendió el acondicionador del aire de su habitación y luego escogió un precioso vestido violeta, strapless, corto. Que ella intentara aparentar seguridad en sí misma como mujer ante otros era una cosa, pero tratar de venderle la idea a su cerebro, era otro asunto totalmente diferente. Sin embargo, por su cumpleaños intentaría no arruinarse la fiesta a sí misma.

Se desnudó, dispuesta a sumergirse en su baño especial de cumpleaños cuando el teléfono empezó a sonar. Hizo una mueca. Fue hasta la mesilla de noche de su cama y contestó.

—¡Feliz cumpleañooos! —exclamó una voz conocida del otro lado de la línea—. Supongo que estás buscando lencería sexy para esta noche.

C.J. puso los ojos en blanco. Su mejor amiga, Serena Woods, siempre pinchándola. Era dicharachera y la conocía desde que eran niñas.

—Pensé que te habías olvidado de mi cumpleaños —replicó a cambio con una voz que fingía estar ofendida. Serena jamás olvidaba una fecha. Tenía una memoria fantástica. A veces podía resultar un problema, pero en general, era una cualidad excepcional para el trabajo de abogada criminalista que ejercía.

—¡Eso jamás! He estado ocupada. Y como sé lo divertida que eres desde que te divorciaste del imbécil aquel —dijo con sarcasmo—, pues te invito a cenar para que no te quedes en casa entreteniéndote con Andy a solas.

—¿Quién demonios es Andy?

—Tu consolador, ¿quién si no?

C.J. estalló en carcajadas.

—No tienes remedio, Serena. Pues dado que mi familia está fuera de la ciudad, y tú eres mi única amiga que no tiene problemas con sus niñeras, ¿qué crees? Acepto tu invitación.

—Qué difícil eres —replicó riéndose ante su propio sarcasmo—. Una noche de chicas con mucho alcohol en un bar de hombres sensuales.

—Ah, no.

—Oh, sí, ya es tiempo de que te quites ese estigma de que no eres lo suficientemente buena para atraer al sexo opuesto.

—Serena…

—Ningún, "Serena". Te pones bien guapa y sexy. ¿Estamos? Venga.

—Es jueves…

—Exactamente. Tenemos todo el fin de semana para

celebrar. Paso por ti a las —miró el reloj, mientras le hacía una seña al personal que tenía organizando su casa— ocho de la noche.

—Quedan más de tres horas.

—Tiempo suficiente para que te vistas y maquilles con esmero.

—Gracias, Serena…

—Ya sabes, las mejores amigas estamos para eso.

—Sí.

—¡Adiós, Cassy! —se despidió llamándola con el apelativo con que solo sus familiares solían referirse a ella.

Serena Woods era una abogada exitosa y dispuesta a patear traseros cuando intentaban tomarla a broma. Había pasado el examen de la barra de Nueva York, lo cual la habilitaba para ejercer la abogacía en ese estado, y también había salido con los más altos puntajes en la barra de Tennessee.

Con treinta y un años de edad, Serena estaba felizmente casada, pero no tenía hijos. Ella y su esposo, Martin, habían decidido desde que eran novios que los niños no entraban en el plan. Serena era demasiado independiente para tratar de atender las necesidades de otro ser humano que no fuera su familia ya formada, sus amigos y el hombre al que amaba. Todos conformes.

¿Acaso las mujeres tenían todas que ser madres para ser llamadas "mujeres", en toda la extensión de la palabra? Obviamente, no. Eso sí, ella respetaba el hecho de que Cassandra quisiera ser madre y desde el divorcio de Noah, intentaba presentarle a sus amigos solteros y buenos partidos. A veces solo con la intención de que tuviera una aventura.

Cassandra aceptaba salir con algunos hombres, pero ellos solo buscaban sexo, y ella no se sentía preparada para permitir que un hombre volviera a desairarla y humillarla como Noah había hecho. No podría lidiar con vivir esa pesadilla nuevamente. Quizá cuando alguien especial apareciera en su vida… pero ella no creía en las leyendas urbanas sobre el amor.

***

—Al menos me hiciste caso —dijo Serena, vestida con un precioso traje cóctel de una sola manga en tono rojo y zapatos a juego, estaba para quitar el hipo. Era una pelinegra muy linda de ojos castaños—. Estás muy guapa.

—Lo mismo digo.

—Sí, bueno, pero la chica del cumpleaños eres tú. Además esas sandalias de tacón de aguja se ven espectaculares.

—Me gustaron.

Sentadas en el Mercedes Benz plateado de Serena, la abogada se giró hacia su mejor amiga.

—Escucha, y escúchame bien, Cassandra, ya tienes que dejar atrás tu pasado con el gilipollas de Noah. ¿Cómo vas a creer que continúas justificándote por vestir de tal o cual forma? ¿Por qué tienes que pensar que ningún otro hombre podrá desearte? ¿Por qué continúas sintiéndote menos mujer? ¡Ya basta! Ha pasado más de un año de tu divorcio. Es tiempo de continuar.

—Yo…

—Date de regalo de cumpleaños la posibilidad de disfrutar un nuevo comienzo. ¿Qué dices?

C.J. soltó un suspiro. Cerró los ojos, y los abrió segundos después.

—Solo tengo temor de que…

—Es en serio, Cassandra, Andy no es lo mejor en la cama.

Eso la hizo sonreír.

—Baja del automóvil y vamos a comer.

—Bien —repuso Serena con una sonrisa taimada, mientras bajaba de su Mercedes Benz. Martin estaba un poco indispuesto, pero le había enviado un precioso ramo de rosas amarillas y blancas a Cassandra, excusándose por no poder acudir a la cena con ellas.

La fachada del restaurante era muy acogedora. Parecía una casita de campo. Y desde fuera no se podía ver el interior. Supuso que era uno de los sitios que a su mejor amiga le gustaba descubrir. Porque si alguien conocía los sitios de moda en Nashville, esa era Serena.

A C.J., le sorprendió que hubiese tantos automóviles parqueados. Avanzó con una sonrisa, mientras le contaba a Serena sobre el episodio con Xander. Serena se echó a reír, mientras caminaban hasta la puerta.

—Menos mal hiciste reservación.

—Ya sabes, mujer precavida…

—…vale por dos —completó C.J., mientras el empleado que ejercía de anfitrión les abría la puerta.

Cassandra puso un pie dentro.

—¡Sorpreeeesa! —gritaron todos los invitados.

Miró a Serena boquiabierta.

—No podías pasar solo conmigo, así que traje a nuestros amigos a rastras, a las personas que trabajan contigo y te aprecian, y claro, yo. ¡Feliz cumpleaños, C.J.! —explicó Serena dándole un gran abrazo.

—Eres la mejor amiga del mundo.

—Lo sé —repuso riéndose—. Ahora ve a disfrutar de las felicitaciones. Que incluso he contratado a un gran amigo para que cante hoy. —Le hizo un guiño, antes de que todos los presentes se acercaran a felicitar a Cassandra.

Estaban algunos de sus primos, varios amigos de la universidad a los que no veía desde sus días de fiesta. Serena había conseguido llevar a sus hermanos, ellos le contaron a Cassandra que habían adelantado el retorno de sus negocios para estar con ella, y llevaron a sus esposas. También hubo una conferencia online con sus padres desde Mónaco y la sorpresiva presentación de Luke Bryan. El cantante country era famosísimo, oriundo de Georgia, y sus canciones eran un hit. No en vano había ganado cuantiosos premios de la industria musical.

Luego de dos horas de felicitaciones y sonrisas, C.J., rebosaba alegría. La comida había sido fantástica, pero la presencia de las personas que realmente le importaban no tenía precio. Incluso Serena se las había ingeniado para lograr que su asistente estuviese esa noche.

De hecho, Serena le confesó que había sido Fanny quien le proporcionó la lista de invitados de los colaboradores más allegados. Que no sumaban diez, pero era un buen equipo con el cual C.J. contaba y, sobre todo, eran personas leales.

Estaban prestos a cantarle el Cumpleaños Feliz, cuando la puerta de la entrada del restaurante se abrió abruptamente. Apareció la persona que C.J. menos hubiese esperado encontrarse. Xander Zhurov.

Ella se quedó sin palabras. Sus invitados parecieron no reparar en el recién llegado, pues estaban riéndose de comentarios hechos entre ellos y celebrando a C.J. Esta miró a Serena, interrogándola, y su amiga le dijo que le preguntara a Fanny.

—Fanny… ¿qué hace el arquitecto aquí? —indagó con un murmullo muy discreto, mientras su hermano Linux, ajeno a la situación, encendía la vela de la tarta de chocolate blanco.

—Pensé que como estaba trabajando contigo estaría bien incluirlo como parte del staff de la empresa. ¿Hice mal?

C.J. soltó un suspiro. Era ridículo discutirlo. Sabía que Fanny siempre tenía las mejores intenciones. Si ella creía que serviría para algo bueno invitar a Xander, pues qué más le daba.

—No tiene sentido discutirlo —susurró—. Gracias por mantener el secreto, ha sido una verdadera sorpresa.

Esa respuesta de C.J. quitó el gesto de preocupación de Fanny, pues pensaba que había metido la pata.

—De nada —replicó en el mismo tono bajo y con una sonrisa.

Las luces se apagaron y alrededor empezaron a entonar la canción previa a que soplara las treinta y dos velitas. Antes de soplar las velas, pidió un deseo como siempre estilaba en su cumpleaños. Sonrió y levantó la mirada ante el aplauso y hurras de los invitados.

La persona, cuya mirada quedó entrelazada a la suya cuando empezaron a repartir la tarta tenía ojos verde-azulados. C.J. se sonrojó y apartó la mirada para escuchar una broma que estaba contando su hermano Charles.

No solía sentirse tímida ni en el ambiente de trabajo ni para negociar. Tenía un carácter firme y no dejaba que nadie pensara que por ser una mujer podían avasallarla en la sala de juntas. En el caso de Xander, las circunstancias en que la había conocido distaban mucho de ser normales, y por eso se sentía un poco insegura.

Quizá con el sexo opuesto tuviera sus tropiezos, pero tenía una visión perfecta, y Xander era todo un hombre. Alto, cabello castaño, ojos hipnóticos y facciones marcadas que le daban un aspecto impactante. El tipo de hombre que podía tener cualquier mujer a sus pies.

Estaba segura de que luego de haberla visto en bikini, lo único que a él podría interesarle era recibir la paga por el trabajo que tenía entre manos. No era tonta. Sabía que, a diferencia de esas mujeres voluptuosas y guapas, ella era bastante anodina. Alta, delgada, y con deseos de haber nacido con más pecho.

No podía lidiar con la idea de que un hombre volviera a verla desnuda. No le sentaba bien el rechazo, y de eso ya había tenido suficientes cuotas durante su breve pesadilla de matrimonio.

CAPÍTULO 4

La llamada de la asistente de C.J., lo había sorprendido. Lo invitaba a una fiesta sorpresa de cumpleaños, porque le parecía que era un modo en que podría conocer mejor a su jefa. Xander pensó en rechazar la invitación, pero luego consideró interesante la posibilidad de interactuar con el entorno de los Bostworth.

Además se sentía intrigado y cautivado por la belleza de C.J. Tenía ganas de conocerla como no le ocurría desde hacía tiempo con ninguna otra mujer, y no tenía nada que ver con las conexiones sociales que ella pudiese llevar a su negocio.

Camino al restaurante había recibido la llamada de su hermana menor, Annika, para decirle que estaría en la ciudad visitándolo junto a su sobrina Sasha. Eso lo alegró. Le gustaba la idea de pasar con su hermana. Ella vivía en Dallas, Texas, junto a su esposo Connor O´Riley.

Los padres de Xander habían fallecido años atrás. Tuvieron a sus hijos siendo bastante mayores. Anton Zhurov murió de un ataque al corazón y Kathrina, aunque muchos creyeran que no ocurría, de tristeza.

Kathrina se había negado a comer diciendo que no tenía motivos por los cuales vivir. El amor que tenían sus padres era admirable. Y Xander no esperaba menos de lo que habían tenido sus progenitores si algún día llegaba a casarse.

Tenía treinta y ocho años, pero ya que mujeres no le faltaban en la cama cuando le apetecía dar rienda suelta a la pasión, y su carrera iba viento en popa, todavía no veía necesidad de asentarse. Tampoco había una mujer con la que quisiera pasar demasiado tiempo sin empezar a sentirse atrapado. Su amante recurrente, Caroline, entendía muy bien el acuerdo y lo llevaba bien. En ese sentido eran perfectamente compatibles. Nunca pedía más, ni él pensaba darle más que lo que ambos dejaban en la cama.

Su hermana le daba la lata diciéndole que dejara de lado la oficina un tiempo y se dedicara a disfrutar del dinero que había ganado desde que empezó el negocio tan joven. «Quizá luego», siempre le respondía, para frustración de Annika.

Había pensado en llevar compañía al cumpleaños de C.J., pero luego lo pensó mejor. Era un asunto de trabajo, aunque la ocasión no estuviera celebrándose en un ambiente corporativo.

C.J. estaba bellísima. La facilidad con la que se movía y esa elegancia innata invitaban a mirarla largamente. Pero esa su sonrisa, muy lejos de aquella de cortesía que solía dedicarle en la oficina, la que lo dejó impactado. Era tan diáfana que si ya la consideraba bella, esa expresión de alegría conseguía que fuera preciosa.

—¿Vas a querer tarta? —preguntó una mujer de ojos color café, vibrantes, extendiéndole un plato.

Él asintió con una sonrisa.

—¿Gracias…?

—Serena Woods. Mejor amiga de la homenajeada —sonrió—. Es la primera vez que te veo. ¿De dónde conoces a Cassy?

Xander probó la tarta. Deliciosa. Le gusta el chocolate blanco y disfrutó de la explosión de sabores en su boca. Tenía almendras y fresas.

—Trabajo en la redecoración de la casa de Cassandra y del despacho de su padre en la central de la compañía —replicó—. Soy Xander Zhurov —dijo.

Extendió la mano, y Serena se la estrechó.

—Interesante… —dijo ella conteniendo una sonrisa. Este arquitecto era la única persona que parecía llamar a su amiga: Cassandra—. ¿Muy complejo lo que tienes que hacer, Xander?

—El trabajo que hago lo es, sin duda, pero me encanta. Vivo para ello —repuso con educación. Le agradaba la mujer, sin embargo, creía que estaba haciendo una suerte de evaluación sobre él. No lograba entender sobre qué sería, pero dado que estaba en el mismo círculo de Cassandra, prefería tenerla de aliada.

—Por supuesto, la arquitectura o la decoración no es lo mío, pero sé apreciar el trabajo de otros —comentó. En realidad se preguntaba por qué C.J. no le había dicho que el arquitecto que trabajaba para ella era un bombonazo de pies a cabeza. Menos mal estaba loca por Martin, porque si hubiera estado soltera… —. Yo soy abogada. Criminalística. Así que imagina nada más con lo que tengo que lidiar.

Xander asintió.

—Mi padre era diplomático y abogado. Uno muy bueno. —Sonrió—. Gracias por la tarta. Está exquisita.

—Me alegro que te gustara. Es la favorita de Cassy. —Abrió ligeramente los brazos abarcando el espacio alrededor de algún modo—. Bueno, mézclate entre los invitados, disfruta la velada.

—Eso haré.

Si algo había aprendido bien de su madre era que jamás se podía ir a una reunión social, especialmente si eran ocasiones especiales, sin un obsequio. Por lo general Xander solía llevar vino, pero puesto que se trataba de un cumpleaños optó por algo mucho más clásico.

Estaba presto a ir fuera para hacer una llamada, cuando C.J. se acercó.

—Feliz cumpleaños, C.J. —dijo él con aquel tono que a

ella le ponía la piel de punta—. Intenté acercarme, pero estaba usted en medio de la gente. Seguro se pregunta qué hago en su fiesta sorpresa —comentó de modo encantador—. Su asistente…

—Oh, no tiene que explicar nada —interrumpió con amabilidad—. Gracias por tomarse el tiempo. Entiendo que es una persona muy ocupada.

Él sonrió. «Vaya, qué distante y educada», pensó. Se preguntaba cómo reaccionaría ante un beso. En medio de la neblina de pasión en la cama. ¿Sería en realidad tan fría como la describían?

—¿Lo está pasando bien? —preguntó él—. Veo que tiene personas que la aprecian. Es una bonita velada.

Ella asintió.

—Creo que, puesto que estamos en una ocasión social lejos del trabajo, y dado que conoces a las personas que son importantes en mi vida, podemos tutearnos. —Xander asintió—. Soy de pocas amistades —le explicó C.J.

—¿Por qué? —indagó inclinando ligeramente la cabeza hacia la derecha.

No iba a recordar los motivos que la habían llevado a alejarse de su círculo social. Un grupo lleno de alimañas que disfrutaban cebándose con el dolor ajeno. Durante tanto tiempo estuvo ciega, pensando que la querían sinceramente. Noah le había quitado esa venda tan oscura. Ahora todo resultaba claro. Luego de hacer una depuración en su lista de amistades, pues se quedó solo con aquellos que apreciaba.

—Soy muy privada —replicó. Y que decía bastante sobre las ganas que tenía de explicarle su vida: ninguna—. ¿Comiste algo? No puedes salir de aquí sin comer la deliciosa lasaña del chef Adolf.

—Aún no me iba. Solo pretendía salir para buscar tus obsequios…

—Oh —dijo sonrojándose. Eso hizo reír a Xander, y por un segundo eterno, Cassandra creyó que el mundo alrededor se había esfumado. Era una risa ronca, exquisita como el café más caro, oscuro y natural—. No debiste molestarte —agregó cuando su embobado cerebro reaccionó.

—Si mi madre viviera me diera un buen rapapolvo por mi falta de tono —dijo sonriendo—. Ahora regreso. Voy a hacer una llamada y regreso con tus obsequios pronto.

C.J. se quedó mirando la figura de Xander. Era muy alto. Eso ya lo había notado, pero ahora que estaba sin un chaqueta de por medio, la camisa gris se pegaba a sus músculos como una segunda piel. Era ancho de espaldas y estaba segura de que si la abrazaba sería… ¡Un error! Eso es lo que sería si continuaba permitiéndole a sus fantasías elucubrar ridículas posibilidades.

Solo era un asunto de trabajo, se repitió C.J.

***

Los amigos de la universidad reclamaron su atención y C.J. pronto se olvidó de Xander. Charló sobre las anécdotas que juntos habían vivido con los profesores, las fiestas y los novios de cada uno. Ninguno de sus amigos tuvo el desatino de mencionar a Noah Caldwell. Ella lo agradeció. Por algo eran sus amigos.

Se rieron y también bebieron con entusiasmo. Sus hermanos le dijeron que estaba guapísima, algo que ella no se creía ni por asomo pero les agradeció de todas formas, y sus cuñadas coincidentemente estaban embarazadas. C.J. soltó un gritito de alegría y las abrazó a ambas.

La mesa de obsequios estaba llena. Y Serena rebosaba de alegría porque su fiesta había sido un éxito.

A pesar de que estaba entretenida, con el rabillo del ojo C.J. intentó buscar a Xander. No estaba. Quizá el asunto del obsequio solo fue una excusa para poder irse sin mayores explicaciones. Suponía que decir que su madre estaba involucrada en sus buenos modales era parte del discurso que solía dar él a otros para parecer encantador. Al final solo era un proveedor.

Una hora y media más tarde, cerca de la medianoche, el restaurante empezó a vaciarse. C.J. despidió a todos, mientras iban saliendo en los automóviles. Serena esperó hasta el último y pagó la cuenta. Luego agradeció al dueño por haberle permitido reservar el sitio completo en un día que solía tener mucha clientela, como era el jueves. Sin embargo, el costo de la reserva equilibraba de seguro la exclusividad que habían recibido.

Serena llevó los obsequios al automóvil. C.J. la siguió detrás, exultante. No se esperaba una velada tan memorable. El parqueadero ya estaba vacío y solo quedaban ellas dos. Estaba presta a embarcarse en el Mercedes Benz, cuando un automóvil empezó a ingresar en la zona de parqueo, al mismo tiempo en que Serena recibía una llamado al teléfono.

C.J., aguardó a que su amiga terminara de hablar. Sonaba preocupada. Y supo que estaba hablando con Martin por el modo en que se despidió.

—Le ha subido la fiebre y se niega a llamar al médico. Dice que no es nada, pero que me avisa para que no me preocupe si lo encuentro dormido, porque se va a tomar una pastilla que causa somnolencia y baja la fiebre.

—Oh, yo puedo pedir un taxi, Serena. Ya has hecho demasiado por mí hoy.

—No quiero dejarte sola, C.J.

—Para ir a mi casa tienes que tomar un desvío muy largo. Prefiero que vayas a ver a Martin. No me va a pasar nada. Esta es una zona segura.

Serena se mordió el labio.

—No sé…

—C.J. —dijo Xander con tono de disculpa, interrumpiendo la conversación de las dos amigas. Acababa de aparcar su Porsche azul. El tráfico lo detuvo más de lo habitual. C.J. lo miró con sorpresa y Serena también—. Llamé a mi asistente para que me trajera tus obsequios que se me quedaron en la oficina, pero tuvo una emergencia familiar, así que tuve que ir por ellos. Lamento llegar tarde y haberme perdido el resto de tu celebración —dijo mirando los obsequios dispuestos en una caja a los pies de Serena.

—Yo… —empezó Cassandra.

Serena estaba impaciente y no lo disimulaba.

—¿Ocurre algo? —preguntó él—. Puedo ayudarlas a llevar esa caja al automóvil si necesitan.

—Tengo que irme porque mi esposo está enfermo, pero no quiero que Cassy se vaya en taxi a esta hora. Es casi media noche.

—Te llevaré con mucho gusto a tu casa, C.J., si te parece bien, por supuesto —ofreció Xander.

C.J. vio el gesto de alivio en el rostro de su mejor amiga, así que no iba a ponerse infantil. Asintió.

—Yo… vale. Gracias —dijo mirando al arquitecto.

—Gracias, Xander, y qué pena que hayas llegado en este momento de apuro. A Cassy no le gusta molestar —comentó Serena, antes de ir a su automóvil y poner en marcha el motor.

De pie en el camino de piedrillas que era el parqueadero, Cassandra se sintió cohibida. Un temblor recorrió su cuerpo, pero la temperatura exterior era cálida.

—Aún te quedan diez minutos de tu cumpleaños así que puedes tomar este gesto como un adicional a las flores —replicó para romper el hielo, y entregándole el ramo de tulipanes blancos—. Así compenso haberme perdido el final de tu reunión. ¿Qué opinas?

—Sería muy desagradable rechazar mi último regalo de cumpleaños —dijo con una risa nerviosa, sonrojándose. A Xander le pareció enternecedor ese rubor en Cassandra—. Son unos tulipanes preciosos… gracias…

Xander tomó la caja de obsequios de esa noche en una mano, mientras caminaba con C.J. a su lado hasta el Porsche.

—Me alegro que te gusten —repuso, mientras le abría la puerta del copiloto a Cassandra. Luego fue hasta el lado del conductor, hizo el asiento hacia adelante y luego dejó la caja en la parte trasera—. ¿Lista?

Ella se ajustó el cinturón de seguridad, y asintió.

—Soy buen conductor, no tienes de qué temer —dijo en broma.

En realidad lo que menos temía Cassandra en ese momento era que pudieran tener un accidente. Lo que le preocupaba era la cantidad de testosterona que de pronto la impactó, sumado a ello el perfume tan delicioso que llevaba Xander, y si a eso le agregaba la sensualidad de sus rasgos cincelados, iba perdida.

Aunque lo más probable era que él la viera como la molestia de esa noche. Era un compromiso de negocios. Eso no debería olvidarlo. Nunca.

—Por supuesto que no. Jamás contrato a alguien sin antes conocer sus antecedentes.

Enrumbándose a la autopista, Xander la sorprendió soltando una carcajada.

—Investigaste a todas las compañías que aplicaron para trabajar contigo, ¿es eso, C.J.?

—Lo hizo mi departamento legal y contable. No puedo confiarle mis asuntos a cualquier proveedor.

—Entonces asumo que pasé la prueba con creces.

—Asumes bien —replicó con suavidad, sin mirarlo. No podía sin quedarse como idiota reparando en sus ojos o en la forma en que el labio inferior vibraba con cada palabra que emitía. Unos labios que seguramente sería delicioso besar.

—Y esa cláusula de confidencialidad, ¿por qué la agregaste si confiabas en el criterio de las personas que eligieron nuestra empresa por sobre las demás?

El silencio estuvo presente varios segundos. Xander se mantuvo impasible. Los silencios, incómodos o no, lo dejaban indiferente. Sabía que las personas tenían diferentes ritmos de reacción ante situaciones diversas.

—Hay cosas que prefiero dejar legalmente estipuladas. Ya te lo dije, soy una persona muy privada.

—Estuve a punto de no firmar el contrato por esa cláusula —confesó—, pero de todas maneras me intrigó. ¿No es que hubieses matado a alguien y mi equipo va a encontrar un cadáver enterrado en tu jardín, verdad?

Eso la hizo reír. Xander estuvo encantado de escuchar la risa juvenil y cálida.

—No, pero si acaso se llegase a presentar una situación poco convencional o alguna visita que hiciera algún comentario personal mientras trabajan, no podrían contarlo. Ya tengo suficiente con los cotilleos de la ciudad sobre… —se calló abruptamente. Estaba hablando demasiado—. No importa.

—¿Ibas a hablar sobre tu divorcio? —preguntó con sutileza, mientras entraban en la zona donde vivía C.J. Aparcó.

Ella no dijo nada, simplemente se quitó el cinturón de seguridad. Xander bajó y le abrió la puerta, pero no la dejó apartarse. Bloqueó la salida y ella se quedó de pie, frente a él.

Xander no pudo impedirse levantar la mano y acomodar un mechón de suave cabello rubio detrás de la oreja. Ella tembló, pero no hizo ningún comentario al respecto. No lo apartó.

El silencio de la noche estaba unido al viento suave que bailaba de un lado a otro, agitando ligeramente los cabellos de ambos. A lo lejos se escuchaban las sirenas de un carro de policía, y los alrededores de la zona residencial estaban bellamente iluminados.

—Eres una mujer muy guapa que se esconde tras una fachada de frialdad. ¿Por qué? —indagó. Estaba tan cerca que podía aspirar la esencia de violetas del perfume suave que C.J. llevaba. Los ojos verdes que tenía ante él eran los más brillantes que hubiese visto. Parecían capaces de transmitir lo que su dueña pensaba, pero también era misteriosos y a ratos se nublaban, como en ese momento en el que era imposible leer a través de ellos.

—Gracias por traerme a casa, te veré en algún momento que coincidamos o vaya a supervisar cómo avanza la obra —replicó apartándose finalmente.

Él la dejó hacer. Fue a sacar la caja de obsequios y siguió a C.J. hasta la puerta de la casa. Abrió y lo dejó entrar.

Estaba presto a irse, cuando la voz de C.J. lo detuvo.

—No confundas la situación. Eres un proveedor. No somos amigos. En teoría soy tu jefa —dijo a la defensiva. Con él se sentía ridículamente expuesta. El destello que vio en los ojos de Xander la hizo dar cuenta de que se había pasado. No tenía por qué ponerlo en su sitio, porque él había sido agradable y nada más que eso. Tal como Noah actuó desde un principio. Tenía experiencia con ese tipo de hombres...

Con cuidado, Xander puso la caja a un lado. Tomó los tulipanes y los dejó apartados en una suerte de mesilla auxiliar de caoba. La miró con firmeza. Sus ojos destellaban, pero su tono fue seco y frío.

—Quiero que tengas algo muy claro. Yo no tengo jefes, Cassandra. Soy el dueño de una empresa que he construido con esfuerzo. No soy heredero de nada. No tuve a mesa puesta las cosas en la vida. He tratado de ser amable contigo. Te he dicho que eres guapa, porque lo eres. No porque seas alguien especial. Se lo podría decir a cualquier mujer —mintió, pues estaba enfadado. Él no iba por la vida diciéndoles halagos a las mujeres, ni siquiera cuando quería llevárselas a la cama. Era directo y concreto, pero algo en Cassandra lo impulsaba a ser más galante. Y el resultado era que ella estaba tratándolo como fuese un mequetrefe desubicado. Podía dar rienda suelta a su enfado, pero ponerse en disyuntiva con la posibilidad de hacer mejores conexiones era un suicidio comercial que no iba a permitirse—. Solo intentaba hacer conversación. Lamento si ha sido demasiado personal. La próxima vez me remitiré a tratarte como lo que eres: una empresaria sin emociones más allá de la oficina. Me lo has dejado claro.

Eso la hizo sentir mal. Las palabras que le había dicho le dolieron. «La reina de hielo», se dijo recordando lo que comentaban a sus espaldas en la alta sociedad.

—Espera, yo no quise... —dijo, pero él ya estaba cerrando la puerta.

«Te he dicho que eres guapa, porque lo eres. No porque seas alguien especial. Se lo podría decir a cualquier mujer». Las palabras de Xander quedaron latiendo en su memoria y la acompañaron hasta que estuvo lista para arroparse entre las sábanas de seda color lila.

***

Xander apoyó las manos contra la pared, mientras el chorro de agua caliente recorría cada recodo de su espalda. Había intentado ser agradable y encantador como solía con todos sus clientes. Al parecer la barrera de hielo de Cassandra era complicada. ¿Qué había detrás de su divorcio? ¿Qué le dolía tanto? ¿La habría engañado con otra mujer?

Al día siguiente tenía un asunto bastante lioso con uno de sus clientes. Así que tenía que resolverlo en persona. Ninguno de sus empleados podía lidiar con el complicado Tyler Mirren. Así que le tocaba a él.

Se sentía frustrado. No tenía ganas de bajar a hacer ejercicios hasta quedarse lo suficientemente molido que lo único que quisiera fuese acostarse. No. Tenía sed de algo que Cassandra Bostworth generaba en él. Una sed de conquista.

Eso tenía rápida solución.

Salió de la ducha. Se secó y acomodó la toalla anudándola a su cintura de esculpidos abdominales. Fue hasta la consola de la entrada y tomó el teléfono. Buscó el número de Caroline Higgins, su amante recurrente. La única que no pedía explicaciones e iba al mismo ritmo que él: sexo y satisfacción. Sin ataduras.

Contestó al segundo timbre. Y eso que era pasada la media noche.

—¿Ahora? —fue la pregunta con la que respondió al teléfono la mujer de ojos negros y piel blanca. Tenía una figura rotunda y sensual. Pechos grandes de pezones oscuros. Vientre liso. Caderas redondeadas y un trasero delicioso. Un cuerpo para pecar. Y Xander era un hombre que disfrutaba de los placeres de la carne con avidez y desenfado.

Sonrió.

—¿Te va mal?

—No, querido. Será mejor que lo que sea que haga contigo esta noche sea suficiente para cansarme y dormir como un bebé. Justo acabo de llegar de la oficina. Esto de trabajar como consultora legal es agotador. Pero amo mi empleo.

—Me alegro por eso, ¿te parece si paso por ti?

—No, ya sabes que prefiero tener mi propio medio de transporte al amanecer. Estoy en tu casa dentro de veinte minutos.

—Bien. —Cerró.

La sensación que le quedó fue de vacío en lugar de satisfacción como en otras ocasiones. Había llamado a Caroline en un ridículo impulso. No podía cancelar. Quedaría como un idiota. Sin embargo, podía confesar que una de las cosas que disfrutaba con su amante era que siempre estaba dispuesta a divertirse.

Sabía que era tan libre de tener sexo con otros, como Xander lo era de hacerlo con quien se le viniera en gana.

CAPÍTULO 5

El día lunes llegó demasiado pronto. La junta con los jefes de división estaba siendo un quebradero de cabeza para C.J. No solo eso, sino que ese día tenía que soportar tener en la misma sala a Noah, quien por cierto estaba con veinte minutos de retraso. Como presidente de Caldwell MotorFix era quien dirigía todos los movimientos que se realizaban en torno a los productos para autos de lujo en el conglomerado departamental de Bostworth Luxury de los Bostworth.

Era una pesadilla tener que verlo. Su padre era quien solía atender esa junta mensual, pero dado que estaba de vacaciones a ella le tocaba el papel de moderadora líder. Ella evitaba a Noah en la medida de lo posible, pero odiaba la forma en que la miraba. Como si estuviese burlándose de ella, y pretendiendo que los demás se unieran a las especulaciones que él mismo había creado en torno a su imagen como esposa. Cómo le gustaría ponerlo en evidencia, pero por su padre, no podía.

Esa mañana llevaba un traje ejecutivo sencillo. Blusa de seda celeste con cuello redondo, mangas tres cuartos, una falda tubo hasta la rodilla en tono blanco y zapatos de tacón de aguja a tono con el conjunto. El cabello lo llevaba suelto, peinado hacia un lado y un maquillaje sencillo, pero favorecedor. Toda la fachada que pretendía hacerla parecer una mujer de acero, cuando por dentro era toda suavidad e inseguridad.

El café estaba en una esquina, al igual que algunas pastas por si alguno de los jefes de divisiones comerciales tenía apetito. Eran las nueve de la mañana. Iban a proyectar las estadísticas de ventas y resultados del último trimestre.

—Buenos días, me da gusto saber que están todos hoy —empezó C.J. —. Ante ustedes tienen el informe elaborado por nuestro departamento comercial sobre la proyección de ventas que se realizó noventa días atrás y los resultados a la fecha. Debo confesar que estoy gratamente sorprendida pues hemos rebasado por un seis por ciento el nivel de ventas esperado.

Las diez personas presentes murmuraron con aprobación mientras escuchaban a C.J. El único asiento vacío estaba en una esquina. Noah seguía sin aparecer, y ella no pensaba darle un informe personalizado.

—Quiero felicitarlos a todos en nombre de mi padre, y agradecerles la estupenda gestión que siempre realizan para que Bostworth Luxury sea una de las mejores tiendas departamentales del estado. Ahora los dejo con Kieran Melbert, el gerente comercial, quien les explicará los ajustes a realizarse para continuar esta racha productiva. Posteriormente, Alina Saskins, la jefa del departamento de marketing, les dará a conocer la nueva estrategia que vamos a implementar en la apertura de una nueva tienda en Nashville.

Los jefes empezaron a aplaudir, y pronto Kieran empezó la exposición.

Sentada a la cabeza de la mesa rectangular, C.J. prestaba atención a cada una de las palabras de Kieran. Luego escuchó complacida a Alina. Eran dos personas sumamente eficientes y buenos amigos. Dos de sus mejores colaboradores y habían asistido a su fiesta sorpresa de cumpleaños.

La reunión estaba a punto de terminar, cuando se abrió abruptamente la puerta del salón. Noah, como si fuera el dueño de la compañía, entró con su habitual sonrisa diáfana. Inmediatamente la espalda de C.J. se tensó.

—Caballeros, damas —dijo mirando a C.J. —. Lamento la demora.

—Estábamos a punto de terminar la reunión, Noah. Fanny te hará llegar a tu oficina una copia del informe de hoy —dijo C.J. con aplomo, antes de ponerse de pie. Una acción que fue imitada por el resto de los jefes. Murmurando una despedida salieron de la sala.

Noah avanzó para ponerse junto a ella. No la tocó. Pero su sola presencia bastaba para fastidiarla. C.J. fingió no darse cuenta de que la sala estaba casi vacía y que eran ellos dos los únicos que quedarían. Recogió sus documentos y se puso de pie para salir.

—¿No tienes nada que decir? —preguntó Noah, bloqueándole el paso.

Ella lo miró con fastidio.

—La próxima vez que llegues tarde, no tendrás derecho a recibir ningún informe. Que te quede claro. Te avisamos de la reunión con dos semanas de antelación, y tu asistente nos confirmó que estarías a tiempo.

Él inclinó la cabeza hacia un lado. Le dedicó media sonrisa.

—No necesitas fingir que eres de acero, Cassy. —Ella apretó los dientes—. Tú y yo sabemos cuál es el problema. —Se inclinó hasta que su aliento quedó a la altura de la oreja de C.J., y susurró—: Te encanta la idea de seducir, pero no eres lo suficientemente mujer para excitar a un hombre.

C.J. contuvo las lágrimas. No iba a permitirle nuevamente que la intimidase de aquel modo. Se apartó y lo encaró.

—Tu contrato con la empresa de mi familia expira dentro de poco. Te recomiendo que empieces a preparar el informe final para que lo entregues a mi padre sobre la gestión de los diez años en que hemos estado asociados.

La sonrisa cruel de Noah la paralizó. Se acercó y le tocó la mejilla. Sintió asco.

—Cariño mío, yo creo que tienes una gran equivocación en

tu forma de concebir las cosas —susurró con tono firme—. Si ninguna de las dos partes tiene una protesta sobre el modo en que se han llevado los negocios, pueden dar por renovado el contrato por otros diez años automáticamente. ¿Y adivina qué? Tu padre está más que satisfecho por nuestro trabajo y el modo en que hemos elevado el nivel de los clientes de Bostworth Luxury.

C.J. lo miró con fastidio.

—No tengo nada más que conversar contigo —dijo antes de apartarse, pero Noah fue más ágil y la retuvo tomándola del codo—. Suéltame —exigió.

La apegó a su cuerpo y deslizó la mano por la espalda de C.J. Era más fuerte que ella. No podía apartarlo. Si forcejeaba sus pechos se frotarían contra los pectorales de Noah y no quería tal cosa.

—¿Qué llevas debajo de esa ropa? ¿Acaso esa lencería provocativa con la que solías intentar tentarme? ¿O quizá sin bragas como me confesaste una vez que querías hacerlo en la oficina?

—Eres un desgraciado. Ya tienes lo que querías, ahora déjame en paz —espetó entre dientes.

—¿Por qué? ¿Acaso vas a contarle nuestro secretito a alguien?

—No es nuestro secreto. Es tuyo, y si no fuera por mi padre, ya estarías viviendo una pesadilla social como me la has hecho pasar a mí.

Noah le acarició la mejilla. De un manotazo, C.J., lo apartó.

—Es que, Cassy, eres frígida… y deberías ver a un sicólogo. —Se apartó considerablemente. Ella tenía los labios apretados y las manos en puños a los costados—. Ahora me retiro. No intentes contra mí ninguna treta. —Cuando estaba a punto de llegar a la puerta la miró y agregó—: Hasta la próxima, cariño.

La puerta se cerró detrás de ella.

Se apoyó en la mesa con las dos manos. Mirando al ventanal sin observar en realidad. Tenía la garganta seca. El corazón agitado y las lágrimas quemándole los ojos. ¿Cómo podía creer que una mujer iba a excitarse si en la noche de bodas, con la ilusión más grande, intentó seducirlo para que él le dijera que su cuerpo no lo excitaba y que prefería irse a jugar en el casino del hotel? ¿Cómo podía una mujer sentirse deseada si cuando aceptaba sus disculpas, al verla desnuda, él se mofaba de ella y tras decirle groserías, la dejaba sola y sollozando?

Inhaló y exhaló varias veces. Lo hubiese podido abofetear, pero la sola idea de reaccionar a él físicamente, violenta o no violentamente, la descomponía. No podía darle el gusto de mostrar cuánto la afectaron sus mofas.

Llamaron a la puerta del salón. No tenía ganas de ver a nadie, pero debía ser Fanny. Ella la conocía, y si no había salido de la reunión cuando la sala se vació debía entender que se trataba de algo importante.

—Cassandra…

Ella no se giró. Fanny tenía órdenes estrictas de que una vez acabada la reunión, la sala no se ocupaba. No quería ver a nadie. Mucho menos a Xander. Necesitaba estar sola y recuperar el aplomo. Cómo odiaba al cretino de Noah.

—Cualquier requerimiento lo puedes hacer a través de mi asistente —repuso tratando de mantener un tono sosegado.

—Me pediste que te consultara cualquier mínimo detalle, entonces, ¿debo asumir que ahora has cambiado de opinión?

—Te he dicho que puedes llamarme C.J., no Cassandra, ni tampoco Cassy. Ahora, pide una cita con mi asistente para atenderte luego. —Lo sintió acercarse. No quería que la viera dolida. No quería que la viera débil.

Xander había llegado hasta la puerta de la oficina de la sala de juntas, porque Fanny no estaba por ningún lugar. Las luces de la sala estaban encendidas y la puerta entreabierta. Él se había acercado cuando escuchó discutir a Cassandra y un tal Noah. No fue su intención quedarse fisgoneando, pero no pudo apartarse.

Lo que escuchó lo dejó helado y furioso. No era su batalla, pero ella, ni ninguna mujer, se merecía ser humillada de esa forma. Cuando Noah salió sin reparar en su presencia, sintió ganas de agarrarlo del cuello y molerlo a patadas. No era una reacción habitual en él, pero demonios, si alguna vez se enteraba de que su cuñado hacía pasar mal a su hermana tomaría el primer vuelo a Dallas para dejarle saber que no estaba sola. ¿Dónde estaban los hermanos de Cassandra? ¿Por qué permitían que un cretino trabajara para la compañía e intimidara de esa manera a la heredera de ese imperio?

Xander cruzó la sala y colocó las manos sobre los hombros de C.J. La giró hacia él. Apretó la mandíbula al ver los ojos anegados de lágrimas sin derramar y el rostro sonrojado de furia. Porque no podía ser otra cosa. Ella apartó la mirada.

—Fuera de aquí —susurró con voz menos fuerte.

Él no dijo nada. Solo dejó caer la mano izquierda a un costado, y con la otra le acarició la mejilla.

Ese gesto bastó para que Cassandra se derrumbara. Las lágrimas empezaron a rodar por sus mejillas. Él no la dejó estar sola, no se apartó. La atrajo a sus brazos y ella dejó escapar su tristeza. Permanecieron un largo rato de esa manera, hasta que poco a poco la respiración de C.J. empezó a normalizarse. Él le acarició la espalda confortándola. Cuando estuvo seguro de que ella no levantaría la cabeza porque probablemente se sentía avergonzada, la apartó con suavidad.

—Cassandra…

Ella elevó la mirada con resignación.

—Yo…

—No eres nada de lo que ese imbécil te dijo. Sé que hemos conversado temas profesionales y que la última vez no fue demasiado bien, pero sé reconocer cuando hay pasión en una persona. Tú tienes pasión por la vida. Eres vibrante y eres guapa.

—Como todas las mujeres según recuerdo —susurró con una sonrisa que no le llegaba a los ojos.

Él suspiró.

—Eso no fue cierto. Me hiciste enfadar y actué de un modo inadecuado al hablarte de aquella forma. Te pido disculpas.

—No tienes por qué hacerlo. Tampoco necesito tu consuelo. No...

Xander le tomó el rostro entre las manos y lo elevó hacia él.

—No te estoy ofreciendo mi lástima, sino mi empatía. Sé que eres una mujer fuerte, pero no necesitas escudarte en una pared de hielo. No te lastimarán menos. Al contario. Siempre intentarán ponerte a prueba para ver en dónde se resquebraja la armadura.

—No deberías haber escuchado...

Él sonrió.

—Estaba en el sitio equivocado en el momento menos oportuno —replicó —. ¿Ese tal Noah, es tu exesposo?

—Toda una joya, ¿verdad?

Xander se sentía atraído por esos ojos hermosos y la boca cautivadora de Cassandra. Era tan hermosa. El tal Noah era un verdadero asno. Se quedaron mirando un instante.

Fanny abrió abruptamente la puerta. Y ellos se apartaron con rapidez, pero no la suficiente para evitar que la mujer diera cuenta de que estaban en una situación privada. Aunque fuese solo consuelo. Eso no tendría por qué deducirlo. Ni lo haría.

—Oh, lo siento —dijo Fanny a punto de retirarse.

C.J. se limpió las mejillas con el dorso de la mano, y Xander guardó las manos en sus bolsillos. Ese día, como estaba supervisando al equipo de empleados que estaban en la oficina de Cyrus Bostworth, llevaba un jean cómodo, camisa de manga corta y unos zapatos de trabajo. Parecía una fantasía de calendario caliente. Él era ajeno a lo que causaba en las mujeres, pues solo le importaba cuando quería llevarse a alguna a la cama, el resto del tiempo lo traía sin cuidado.

—No, no te vayas. Xander solo vino a hacerme una consulta. Por favor, Fanny, llama al restaurante y cancela mi pedido. Me voy temprano de la oficina.

Fanny asintió y luego salió.

—¿Aceptarías cenar conmigo esta noche? —preguntó él

cuando estuvieron a solas nuevamente. Acababa de descubrir una parte de C.J. que lo intrigaba. Desde que la conoció intuyó que no era la mujer fría que intentaba hacer ver, y ahora que podía atar cabos por el idiota de su exesposo, pues tenía ganas de continuar sacando las capas bajo las cuales se escondía la verdadera Cassandra.

—No estoy segura que sea buena idea.

—Será una cena de negocios —expresó sonriente entendiendo ahora un poco mejor cómo funcionaba la mente de C.J. respecto a mezclar ámbitos de su vida—. ¿Qué te parece?

—Podemos discutir ahora cualquier tema, no es necesario que vayamos a una cena para ello...

—Acabas de decirle a Fanny que te vas temprano a casa, así que estás libre y no podremos discutir asuntos de negocios en tu oficina por hoy —repuso, a sabiendas de que ella no tenía otra excusa—. Por otra parte, te haré un descuento en la tarifa de los servicios de mi compañía por ser una reunión fuera de la oficina.

Ella sonrió. Y a él le gustó ver en su rostro esa expresión.

—¿Siempre te sales con la tuya?

—Eso intento —dijo riéndose—. Entonces, ¿cenarás conmigo?

—Yo... De acuerdo...

Él asintió.

—Por cierto, vine a hacerte una consulta hace un momento, ¿quieres que el mobiliario de la oficina de tu padre sea de madera clara u obscura?

—Clara..., pero pensé que eso podríamos discutirlo más tarde...y...

Sin darle tiempo a reaccionar, Xander se inclinó y le dio un beso en la mejilla dejándola atónita.

—Pasaré por ti a las ocho y media, Cassandra.

Una vez más, Xander la dejaba sin palabras. Con el corazón agitado y con una sensación de que estaba nadando contra corriente. Él le había dicho todas esas palabras por pena. ¿Por qué si no? ¿Guapa? ¡Já! Estaba convencida de que el tipo de mujer con las que él salía eran totalmente opuesto al suyo.

No iba a darle vueltas a una cena de negocios. Porque era solo eso.

***

Invitar a Cassandra a salir había sido un impulso, pero no se arrepentía de ello. Pensó en ir por su Porsche. La idea de agitar el buen humor en ella lo hizo tomar las llaves de su moto.

Aparcó a la hora convenida en la acerca. Bajó y tocó el timbre.

Pasaron cinco minutos y no abría. ¿Pensaría acaso en dejarlo plantado? Por un momento tuvo la intención de ir por el pasillo lateral, pero se contuvo. Insistió en el timbre un par de veces más, hasta que la puerta se abrió.

Se quedó sin aliento. Vestida con unos vaqueros ajustados, una blusa de seda azul marino sin mangas y sandalias planas estaba hermosa. Llevaba poco maquillaje, y el cabello recogido en una coleta. No parecía de treinta y dos años, sino una chiquilla de veinticinco. Él creía que, en muchos sentidos, Cassandra era bastante inocente. No quizá en la parte sexual, pero en su forma de concebir las cosas. Era evidente que la habían herido mucho y eso generaba su posición defensiva.

—Hola, Cassandra. Estás preciosa —dijo con sinceridad. Se acercó le dio un beso en la mejilla—. ¿Lista para irnos? —preguntó entregándole un casco protector color negro, idéntico al que llevaba él.

—Hola… ¿Un casco? —preguntó, en lugar de responder al halago.

Había estado casi dos horas probándose y quitándose ropa. Como si fuese una cita, pero no lo era. Se trataba solo de negocios. Una cena informal de negocios. No quería sentirse en desventaja ni que la viera quebrada emocionalmente como había ocurrido en la mañana.

Xander estaba arrebatadoramente atractivo. Le daban

ganas de enterrar los dedos en esos cabellos oscuros y saber si eran tan suaves como parecían. El aroma a hombre y a colonia cara la mareaba e invitaban a querer abrazarse a él.

Pero le había dicho que estaba preciosa. ¿Por qué insistía en ello? Ella no necesitaba que la adularan o le mintieran. Fea no se consideraba, pero estaba bastante lejos de ser una belleza.

—Vamos en mi Ducati. ¿Has subido alguna vez en moto?

Ella se miró las sandalias.

—No estoy ataviada para ir en una moto, Xander. Y no… nunca me he subido en una —respondió con voz queda, mordiéndose el labio inferior. Él quiso inclinarse y lamerlo.

—Estás en jean, así que es suficiente. Me alegro de que no seas una de esas mujeres que no necesita arreglarse demasiado fuera de la oficina.

—Es una comida informal de negocios. ¿Verdad? —preguntó, indecisa.

—¿Lo dices porque llevo pantalón de vestir y camisa? —Ella asintió—. Antes de venir tuve una junta con uno de mis equipos de trabajo y no quería retrasarme yéndome a cambiar de ropa. Así que sí, la cena es informal. Podemos hablar de negocios sin un código de vestir específico fuera de la oficina. ¿Cierto?

—Sí…

Él le entregó el casco.

—No sé cómo…

—Permíteme —dijo, anticipándose. Le colocó el casco con delicadeza en la cabeza. Luego ajustó la seguridad bajo la barbilla. Le sonrió—. Perfecto.

La guió hasta la Ducati. Él se sentó primero.

—Tienes que confiar en mí. No te voy a dejar caer, no vamos a chocarnos tampoco. Soy un conductor experimentado —le dijo, mientras Cassandra observaba de pie junto a la moto—. Te sostienes de mi cintura y solo sigue el ritmo del viaje. ¿Estamos?

Ella asintió, y luego subió tras Xander.

—¿Ya estás listas? —preguntó mirándola sin el casco. Ella

volvió a asentir—. Ahora rodéame con tus brazos. —Cassandra lo abrazó, y sintió un cosquilleo en las manos al percibir cómo se flexionaban ligeramente los músculos de acero del abdomen de Xander al respirar. El casco no le permitía sentirlo o pegar su rostro a la espalda, pero no necesitaba hacerlo, el calor que emanaba de él era delicioso y se sentía segura—. Perfecto —dijo Xander cuando estuvieron listos.

Él se puso el casco, y encendió el motor. Cinco segundos más tarde emprendían el rumbo a un local de comida en la calle McGavock.

CAPÍTULO 6

La comida tailandesa era exquisita. "Nám tok", una ensalada de carne de cordero, fue el plato que pidió C.J., una combinación de plantas aromáticas con el sabor de la carne, picante. La saboreó con gusto y encontró placentero el ambiente. La decoración era perfecta y cada mesa estaba lo suficientemente alejada de la otra para no interrumpirse con posibles comentarios que no deberían ser escuchados por otros. Una elección inteligente de parte de los dueños.

—¿Qué tal está tu plato? —preguntó Xander, mientras él daba cuenta de su Curry Massaman. Aunque pudo haber elegido entre varias carnes, se decantó por el pato, acompañado del típico arroz blanco, que a su vez iba acompañado por una exquisita mezcla macerada de azúcar, pepino, chile y chalote en vinagre.

—Fabuloso, jamás me habían hablado de este sitio. Y te puedo decir que mi mejor amiga, Serena, se conoce los mejores lugares en la ciudad.

Él asintió.

—Aquí solo vienen las personas amigas de los dueños. No

les interesa el dinero, tienen un montón, más bien gustan que sus amigos vengan a disfrutar de la cocina típica.

—¿Los conoces hace mucho?

—Hará unos dos años. Remodelamos por completo su mansión en las afueras de la ciudad. Quedaron contentos con el trabajo que hicimos, así que me invitaron una noche a comer aquí. Me fui fascinado por la calidad de cada plato. Cada vez que tengo oportunidad me gusta venir a comer aquí.

Ella bebió un poco de su Sprite.

—Gracias por traerme.

—Me encantará acompañarte nuevamente —dijo haciéndole un guiño. Cassandra se sonrojó y apartó la mirada.

A él le gustó saber que la atracción que sentía por ella era correspondida. Solo tenía que intentar derribar ese muro.

—Íbamos a hablar de negocios —susurró ella intentando romper el cómodo magnetismo que él podía crear a su alrededor.

—Bueno, incluso en la sala de negocios en una oficina hay que tratar de conversar un poco. ¿No lo crees? —indagó, afable.

—Tal vez…

—¿Por qué estás a cargo de toda la empresa tu sola?

Ese era un tema seguro. Podía relajarse.

—Mi padre está de viaje por su aniversario de bodas, y mis hermanos tienen que supervisar otras sucursales. Dado que es un negocio familiar no podía quedarse a la deriva de cualquier sustituto. Me dejaron encargada hasta poder retornar a mis gestiones habituales que tienen que ver con el control de calidad y la alianza estratégica de negocios.

—Es estupendo saber que tu familia te apoya.

C.J. sonrió.

—Lo es, sin duda. ¿Y tus padres?

—Ambos murieron hace ocho años.

—Lo lamento.

—Gracias. Vivieron una vida plena. Nos tuvieron a una edad avanzada. Mi hermana Annika vendrá de visita con mi sobrina Sasha dentro de poco, así que me hace ilusión verlas.

—¿Solo son dos hermanos?

—Sí. Mis demás familiares viven en Rusia, pero no tenemos contacto con ellos. Vinimos a Estados Unidos cuando yo tenía dos años, y mi hermana no nacía todavía. Es cuatro años menor a mí.

—¿Qué edad tienes?

—Treinta y ocho.

—Tienes un negocio próspero y según lo que me has contado, tú mismo lo has levantado poco a poco.

—Nada mejor que ganarse los laureles cuando el esfuerzo es de uno. ¿A qué edad te casaste? —preguntó.

El gesto tenso que se formó en los labios de C.J. lo invitó a retractarse y cambiar la interrogante. No obstante, ella se anticipó, sorprendiéndolo con su respuesta. Una bastante fluida.

—Tenía treinta años. Conocía a Noah desde hacía ya mucho tiempo atrás, cuando su familia empezó a forjar alianzas con la mía. Solo éramos amigos. Con el paso de los años nos volvimos más cercanos. Empezamos a salir y a los pocos meses me pidió que nos casáramos. Lo vi de lo más natural. Acepté.

—¿Te lamentas…?

—Siempre que recuerdo lo ingenua y tonta que fui, sí.

—¿Cuánto tiempo estuviste casada? —preguntó bebiendo su Coca-Cola.

Ella dejó escapar una risa hueca.

—Tres meses. —Finalmente levantó la mirada y le dijo—: Todo un desastre, ¿no lo crees?

—Si dos personas no están destinadas, creo que una separación siempre es la mejor vía. Si no hay amor de verdad no sirve de mucho. No necesitas atarte a alguien solo por lujuria. ¿No crees?

—Ni siquiera era lujuria —murmuró muy bajito.

—Hey… —dijo Xander. Estiró la mano sobre la mesa y tomó la de C.J. —. ¿Por qué permitiste que te dijera esas cosas horribles? ¿Por qué siquiera permites que esté en el mismo edificio trabajando contigo?

—Creo que será mejor que hablemos sobre unos detalles

que tengo en mente para la casa —repuso apartando la mano de Xander.

Él lo dejó estar. Ya había presionado suficiente. Quería ganarse la confianza de ella, pero intentaría ir un poco más despacio.

El resto de la velada hablaron de temas superficiales, como por ejemplo la trayectoria profesional de cada uno. El tiempo que tardaría Xander todavía en acabar los ajustes en la casa, pues aunque en un principio le dijo a C.J. que serían solo dos semanas, lo más probable era que tuviera que extenderse unos ocho días.

Él le aseguró que no le cobraría esa tarifa por los días extras, pues el cálculo no estaba equivocado, sino que los proveedores se retrasarían en traer ciertas materias primas específicas que C.J. deseaba. Xander le dijo que no le gustaba cargar a la cuenta del cliente sus problemas con los proveedores, pues era habitual que hubiese circunstancias que se escapaban de su control. C.J., lo agradeció.

Ninguno de los dos se dio cuenta de que habían estado charlando largo y tendido, hasta que una camarera se acercó preguntándoles si ya deseaban la cuenta. Con una sonrisa, Xander le entregó la tarjeta de crédito.

Pronto estuvieron caminando hasta el parqueadero.

Subieron a la moto e hicieron el camino de regreso hasta la casa de C.J.

Él aparcó, y la ayudó a bajar. Tomó el casco y lo dejó sobre la silla de la moto. Hizo lo propio con su equipo de seguridad.

—Gracias por escuchar mis sugerencias sobre los cambios que quiero —dijo ella, un poco nerviosa. Era la una de la madrugada. Era la primera vez en mucho tiempo que lograba conectar con alguien de una manera tan intensa. Y eso la confundía.

—Eres la jefa —dijo haciéndole un guiño. Eso consiguió sacarle una risa a C.J. —. ¿Te gustó la comida entonces?

—Me encantó…, gracias. Fue una reunión de negocios diferente.

Él rio en esta ocasión. Sabía que ella estaba tratando de aclarar lo que esa noche era en realidad. Poniendo límites. A él no le gustaban los límites. Jugaba con sus propias normas.

Xander acortó la distancia. Sonrió levemente y le acarició la mejilla a Cassandra con los nudillos de la mano derecha. Sintió un escalofrío de placer y anticipación cuando él se inclinó hacia ella.

—¿Tienes miedo de mí? —preguntó Xander mirándola fijamente. En esta ocasión no había sonrisa. Solo un gesto decidido de su parte. Controlado.

No, no tenía miedo de él, sino de ella misma. Se sentía vulnerable.

—No…—Los labios de Xander eran sensuales. El labio inferior era unas pulgadas más amplio que le superior, invitándola a querer saborearlo. Parecían tan suaves y cálidos—. Eso no es… ya te dije que no me gusta…

—Los negocios han terminado —la interrumpió con suavidad—. Es pasada medianoche. Estamos en el umbral de la puerta de tu casa. Así que esto sería algo parecido al placer —dijo con intención.

—No creas que porque me viste débil en la oficina soy…

—Cassandra, creo que eres una mujer fuerte, en absoluto fácil. Las palabras de ese bastardo se merecían una buena bofetada, y tú no te rebajaste a ello. Me habría gustado partirle la cara, pero no era mi batalla. —Dejó escapar un suspiro—. Si de algo estoy seguro es de que quiero conocerte mejor.

—¿Por qué…?

—Porque te encuentro irresistible.

—Las palabras bonitas no surten efecto en mí —murmuró perdida en aquella mirada cargada de promesas. ¿Cuánto hacía que no sentía la sangre recorrerle las venas como material incandescente? La respuesta era: nunca—. Me han mentido de la manera más sucia. Y…

—No puedes juzgar a todos los hombres por uno en particular.

Ella no dijo nada, solo se dejó acariciar la mejilla. Le

gustaba el toque de Xander. Suave y cálido.

—Yo…

—Cassandra, ¿puedo besarte?

Él le recorrió el labio inferior con el pulgar. Ella se dejó llevar por el silencio, el embrujo de Xander y la fuerza viril que irradiaba invitándola a acercarse de un modo más físico. Más personal. Contrario a todo juicio, asintió.

—Sí…

Con lentitud la boca de Xander descendió hasta la de C.J. El contacto fue suave y poco a poco empezó a cobrar intensidad. Mordisqueó el labio inferior de Cassandra como había deseado desde la primera vez que la vio.

Que el cielo se apiadara de él. Lo cierto es que a pesar de haber deseado besarla desde la primera vez que la conoció, imaginó que probar su boca sería como posarla sobre una hermosa obra de arte de mármol. Que sus labios en lugar de ser cálidos, serían fríos e insensibles.

No estaba preparado para la ola de calor que arrasó su vientre bajo, ni para aquellos labios que se acoplaban a los suyos, temblorosos, inseguros, pero dispuestos a emprender una campaña de reciprocidad. Le deslizó la mano en la espalda y la apretó contra su cuerpo.

Era consciente de que Cassandra podía sentir su erección contra el vientre. Los pequeños gemidos que ella soltaba solo conseguían hacer su excitación más dolorosa, mientras la sentía derretirse como miel entre sus codiciosos brazos. Era una mujer apasionada, y el sabor de sus besos era ambrosía.

C.J. no había disfrutado de un beso como aquel nunca. Xander besaba como el cielo mismo. Sintió cómo un ligero temblor de placer la recorría de pies a cabeza. El tacto de Xander la encendía y el modo ávido en que le devoraba la boca la dejaba sin fuerzas. Cuando sintió que deslizaba las manos de su espalda para tomarla de las nalgas, no pudo evitar aferrarse a su cuello. Olía tan bien. Se pegó más a Xander, disfrutando de poder frotarse contra la dura erección.

Él sabía que C.J. se arrepentiría si la seducía hasta el final.

Lo juzgaría de haberse aprovechado o algo similar. Dado el bagaje emocional que desconocía en profundidad sobre ella, lo más idóneo, aunque su cuerpo protestara, era apartarse. Ir poco a poco. Por eso empezó a ralentizar el beso.

—Cassandra…—susurró contra los labios tibios por sus besos. Ella abrió los ojos. Él quiso zambullirse en ellos, tomarla en brazos y hacerle el amor. Pero ya había tomado una decisión. Quería ganarse su confianza e ir poco a poco. No quería asustarla—. Será mejor que me vaya.

Ella se sonrojó. ¿Había perdido la práctica al besar? ¿Por eso se apartaba?

—¿He hecho algo mal, Xander? —indagó con un murmullo inseguro.

—No tienes idea, ¿verdad? —Le tomó la mano y la guió hasta su miembro sobre la tela del pantalón—. Lo has sentido contra tu vientre mientras te besaba, y créeme que si continuamos haciéndolo en la entrada de tu casa voy a tomarte contra la puerta y me importará muy poco lo que tus vecinos piensen.

—Oh…

—Sí, "oh". Me excitas como ninguna otra mujer. Eso quiero que te quede claro. De una u otra forma vamos a terminar esto. Hoy, no. Cuando ocurra me tomaré todo el tiempo que necesite para hacerte gemir y arquear tu cuerpo de placer.

Ella tomó la muñeca de Xander y la apretó, instándolo a mirarla.

—Xander… yo no puedo… no…

—¿De qué tienes miedo?

«De no complacer. De que me rechaces…»

—Hace mucho tiempo que no estoy con nadie —dijo en tono bajo.

Él giró la mano y entrelazó los dedos con los de ella.

—No tienes que preocuparte de nada, Cassandra. Jamás te forzaría a hacer algo que no quisieras. Quiero que me des la oportunidad de demostrarte que nada de lo que ese imbécil de tu exesposo te dijo es cierto. No puedes creerle.

Ella apartó la mirada.

—¿Soy un reto para ti? ¿Es eso, Xander? —preguntó con resentimiento—. La dama de hielo que quieres seducir para demostrarle a la gente que tú lograste lo que otros no.

Xander frunció el ceño. Era sorprendente el daño sicológico que una relación destructiva podía causar en una persona. Quizá conocía apenas a Cassandra, pero ese brillo en su mirada, la forma de hablar de algo que la apasionaba y sus besos eran solo un ejemplo de lo vibrante que era dentro de ese caparazón en que se había escondido para no ser herida.

—No, dulzura —dijo llamándola por primera vez de un modo tan personal—. Se trata de deseo y química. Entre nosotros, hay mucho de ambos. Es crear fuego, domándolo, y haciéndolo bien para ambos. —Se inclinó y le dio un beso breve en los labios—. No eres una dama de hielo, Cassandra, y cualquiera que piense eso de ti es un imbécil.

C.J. lo miró fijamente.

—Hay cosas complejas, no se trata solo de deseo Xander…

—¿De qué se trata?

—Sinceridad.

—¿Qué de todo lo que hemos hablado no ha sido sincero?

Se quedó en silencio, porque Xander tenía su punto.

—Será mejor que lo dejemos por hoy —dijo ella.

Xander aflojó los dedos de C.J. Sonrió.

—Gracias por la velada —dijo con suavidad. Ella pensó que iba a besarla, pero Xander la sorprendió tomándole la mano y besando sus nudillos, antes de dirigirse hacia la Ducati.

Ella entró en la casa sin mirar atrás. Era la primera vez en mucho tiempo que sentía que su vida volvía a cobrar una estela de luz especial. Quizá era una bobería suya, pero en los brazos y las palabras de Xander no sintió más que sinceridad.

CAPÍTULO 7

Durante las horas de oficina, C.J. estaba con la mente ocupada. Sabía que Xander había dejado todo establecido para que el equipo de trabajo funcionara sin necesidad de que él estuviese todo el tiempo en las oficinas centrales.

Erick Danes, la persona que originalmente estaba a cargo de la cuenta, ya estaba recuperado del accidente lo suficiente como para poder guiar al equipo de trabajo basándose en los planos de diseño aprobados. Era un profesional eficiente y muy metódico, según lo que C.J. pudo comprobar mientras él daba cuenta diariamente de los avances.

Xander supervisaba personalmente la obra en la casa, tal como se había comprometido a hacer. Cuando ella llegaba de la oficina, el equipo de trabajo ya no estaba. No se habían visto o hablado desde el beso en la puerta de su casa. Ya sumaba cinco días. Se preguntaba si acaso él se habría arrepentido...

El viernes llegó de nuevo. Serena la había llamado para invitarla a un concierto en el restaurante City Winery Nashville ubicado en la calle Lafayette. El sitio era famoso por crear una gama de vinos de la casa con las mejores uvas de diferentes regiones, incluidas las uvas argentinas. La exquisita mezcla de ideas de diversas culturas en su cuisine también era un atractivo. Esa noche se presentaba en vivo el legendario cantante y actor Tim McGraw.

—¿Qué ha pasado con ese bombonazo de arquitecto? —preguntó Serena, mientras Martin, conduciendo el automóvil, ponía los ojos en blanco.

—Hace su trabajo —replicó desde el asiento trasero del BMW de Martin.

—Pero las chispas que saltaban a la vista el día de tu cumpleaños no tenía nada que ver con temas laborales.

—Serena deja en paz a C.J. —dijo Martin al tiempo que buscaba parqueadero en los alrededores—. Ya hace bastante aceptando salir con nosotros cuando pudo haber elegido irse a Nueva York con su hermano.

—Mi amor, no seas aguafiestas —respondió ella con su voz melosa. C.J. se rio. Ese par era tan distinto y al mismo tiempo tan perfecto. Le gustaba que su mejor amiga hubiese encontrado al hombre que cumplía sus expectativas y la hacía feliz—. ¿Por qué no lo llamas y lo invitas para que venga? El dueño del local es amigo nuestro y no dudará en hacernos un espacio —preguntó mirando a su amiga desde el espejo retrovisor.

—Martin, se agradece tu intento de defenderme, pero ya sabes que con Serena no se puede —dijo C.J. riéndose de nuevo—. Prefiero quedarme en Nashville a hacer las horas de vuelo hasta el JFK de Nueva York para atender una reunión que mi hermano Linux bien puede manejar solo. Y Serena, no voy a invitar a Xander. Él debe tener sus propios planes.

—¿Acaso tiene pareja?

Ese era un detalle que C.J. no se había planteado. ¿Y si era otro Noah, engañándola? ¿Y si la había besado y apartado porque tenía la conciencia sucia de estar siendo infiel a alguna mujer? Cielos… jamás se le pasó ese panorama por la cabeza.

—Yo… no lo sé.

Serena frunció el ceño y decidió dejar a C.J. en paz.

—Bueno, vamos a pasarla bomba.

—Seguro. Me han hablado mucho de este sitio. Y Tim McGraw es un grande de la música.

***

Xander contemplaba desde la ventana de su casa el cielo oscuro de la ciudad. Cada tanto refulgían varios relámpagos en el firmamento. Bastante extraño para esa época del año. Seguramente el calentamiento global, pensó tomándose una taza de café cargado. Caroline le había dicho que pasaría dentro de un rato, pero la rechazó. Ella le dijo que si se rehusaba a verla era el final de su mutuo acuerdo. A él le dio igual. Odiaba que las mujeres le pusieran condiciones, y más todavía una cuyo único papel era de amante.

Durante esos días había tenido tiempo de pensar en Cassandra. Estar alejado era un modo de poner en perspectiva cómo se sentía con respecto a ella. Era consciente de que no se trataba de una mujer como Caroline. Tenía que ir despacio.

Haberse apartado aquella noche le costó lo indecible, porque nada habría querido más que tomarla en brazos y sumergirse entre sus muslos. Pero ella había sufrido suficiente. Quería conocer los detalles de su matrimonio con Noah. Estaba convencido de que había mucho más allá de una falta de química sexual entre ellos. ¿Qué clase de matrimonio duraba apenas noventa días y más cuando estaban involucradas dos grandes fortunas?

Xander miró la hora. Las ocho de la noche. Revisó el móvil cuando este vibró sobre la mesa de la cocina. Era Nicole preguntándole a qué hora pasaría por ella, pues su automóvil estaba averiado y con la perspectiva de lluvia difícilmente la compañía de taxis iría por ella.

Él le respondió que solo estaba esperando la confirmación para saber si iba o no a necesitar de su ayuda. Nicole le respondió que sí, que iba a necesitar todo el apoyo posible esa noche.

Nicole Green era su amiga desde la universidad y se había recibido como veterinaria. Llevaba un refugio de animales en la ciudad, pero el asistente de turno que se encargaba de monitorear a los perros durante la noche estaba enfermo, y dado que se había anunciado una tormenta eléctrica Nicole necesitaba a alguien que pudiera ayudarla a calmar a los animales.

—¿Y me llamas a mí, por qué exactamente? —preguntó Xander cuando la preciosa morena de ojos azules lo guió a través del centro. Era un sitio aseado, perfectamente iluminado y los espacios en donde estaban los perros eran amplios.

Ella sonrió.

—Porque los buenos amigos hacen gestos de este estilo —replicó, mientras contemplaba a Xander. Este iba vestido con un jean que se pegaba a sus poderosas piernas, y un jersey negro que marcaba la anchura de sus hombros y la fuerza de los brazos. No sin dejar de lado el abdomen marcado con abdominales—. Lo que no entiendo es por qué tienes tiempo un viernes por la noche de pasar conmigo y no tienes una cita en toda regla.

—Ah, ya decía yo que estabas demasiado interesada en mi agenda social del fin de semana antes de preguntarme si tendría tiempo de venir a ayudarte. Pues que sepas que no tengo nada que decirte.

El cabello negro recogido en una sencilla coleta osciló de un lado a otro, cuando Nicole negó con la cabeza. Se rio.

En ese momento retumbó un trueno y los perros empezaron a ladrar. Eso interrumpió, y Nicole se puso manos a la obra. Le explicó a Xander cuántas gotitas de Valeriana debía darle a cada perro según su tamaño y que era preferible si les hablaba con afecto. Él frunció el ceño, pero intentó su mejor esfuerzo.

Alrededor de las dos de la madrugada cuando pasó la tormenta, Xander estaba agotado. Habían descubierto una gotera y él fungió de reparador. Luego Nicole tropezó echando abajo una cafetera. Así que mientras ella intentaba limpiar, él recogía los trozos de vidrio. Después uno de los perros, tan asustado como estaba consiguió romper la seguridad de su espacio y él tuvo que atraparlo entre sus brazos hasta que se calmó. Era un pastor alemán precioso. Sudado, trasnochado y cansado, no podía irse dejando a Nicole sola. Ella estaba en las mismas condiciones que él.

Los ladridos no habían cesado, aunque la mayor parte de los perros se calmó con la valeriana. Su amiga decía que podrían darles otros suplementos, pero que ella prefería algo que no les afectara al organismo químicamente.

Casi al amanecer el refugio recuperó la calma. Los dos auxiliares de Nicole llegaron a tiempo para relevarla. Ella y Xander salieron prácticamente a rastras.

—Gracias —dijo ella bostezando—. Me muero de hambre —confesó— y necesito un baño caliente.

—No eres la única —respondió avanzando entre las calles—. ¿Desayuno primero?

Ella asintió.

Nicole tenía treinta y cinco años. Se había casado hacía tres con una chica que también amaba a los animales. Xander era su apoyo y el único que jamás la criticó por su tendencia sexual. De hecho, él fue quien le presentó a Chantelle, su esposa. Lamentablemente Chantelle estaba de viaje de negocios en San Francisco, así que había tenido que recurrir a Xander. Siempre la salvaba, aunque procuraba no molestarlo demasiado, pues sabía que era un hombre muy ocupado.

Aparcó en un Starbucks.

Cada uno pidió un café grande y muffins. Al menos servía de momento para espabilarlos.

—Yo te invito —dijo él. Buscó la cartera en el bolsillo trasero del jean, pero no la encontró. Miró el otro bolsillo, nada—. Demonios.

—¿Qué ocurre?

—Me dejé la cartera en una de las casas en las que estoy trabajando.

Nicole sonrió.

—Bueno, pues, ahora te salvo yo a ti. —Pagó la cuenta.

***

Los días sábado, C.J. solía aprovechar para hacer la compra y dejar listos los típicos trámites que de lunes a viernes le eran imposibles realizar por el trabajo. Sin embargo, esa mañana su hermano Charles le preguntó si podía cuidar de Yessa, su hija de ocho años, porque tenía un brunch y no podían llevar a la niña. C.J. aceptó encantada. Adoraba a su sobrina. Era una cosita mona de cabello ensortijado negro, como el de su cuñada Sophia Gosling, y vivaces ojos del color de la nuez moscada.

A las once de la mañana en punto, su hermano dejó a Yessa. La niña, agarrada de una muñeca Barbie, entró con una sonrisa. Sabía que, de los tres sobrinos, ella era la favorita de C.J.

—Tía, Cassy —le dijo, cuando Cassandra cerró la puerta detrás—. ¿Me regalas uno de esos lápices de colores que sueles guardar en tu estudio?

—Claro, tesoro, vamos. ¿Qué desayunaste hoy?

—Mamá me hizo comer huevos pasados, yaiks, los odio. También tostadas y un vaso de leche inmenso.

C.J. se rio.

—¿Quieres un donut?

—¡Siiií!

Cassandra se pintaba las uñas de beige, mientras su sobrina disfrutaba pintando un cuaderno de dibujos. Después abandonó los dibujos y fue por la Tablet, y retomó Harry Potter y la Piedra Filosofal de J.K. Rowling.

Mientras su sobrina estaba entretenida, C.J. una vez que tuvo las uñas secas, fue a hacer la colada. Después aprovechó para dejar puesto el lavaplatos y subió a su habitación para organizar el guardarropa de la semana. Si por ella fuera iría a la oficina en jean y blusa, pero lastimosamente tenía que guardar una imagen.

Cuando terminaba de guardar un par de zapatos azules, Yessa entró corriendo a su habitación.

—Tía, Cassy, ¿quién es este señor?

—¿Qué señor?

Yessa le entregó una suerte de tarjeta. C.J. la revisó. Era el documento de identidad de Xander.

—¿De dónde sacaste esto?

—Fui al patio a tocar si el agua estaba fresca y me encontré una cartera. La abrí para ver qué había… —se encogió de hombros— te la traje. —Le entregó la cartera Montblanc color negra—. Solo saqué ese documento porque tenía curiosidad. Ya sé que no tengo que fisgonear en los objetos ajenos, pero si estaba aquí en tu casa entonces no es ajeno, ¿verdad?

—Te he dicho claramente que no quiero que te acerques a la piscina si no hay un adulto cerca —dijo ignorando la pregunta de su sobrina.

Yessa bajó la mirada.

—Lo siento, tía Cassy.

C.J. suspiró. Le acarició la cabeza.

—De acuerdo. No vuelvas a hacerlo. —De pronto a C.J. se le ocurrió una idea. Quizá podía hacer un pequeño movimiento con la excusa de entregarle la cartera a Xander, y así podría saber por qué la estaba evitando a través del modo en que pudiera hablarle o mirarla—. ¿Te gustaría ir a dar una vuelta por la ciudad?

—Quiero bañarme en la piscina, tía… Traje mi ropa de baño.

—¿Cambiarías la piscina un rato por un banana Split napolitano?

—¡Totalmente! Ya sabes cómo ganarte mi voto —dijo con una sonrisa.

C.J. le hizo un guiño.

—Andando entonces, cariño.

CAPÍTULO 8

Para saber la dirección de Xander, C.J. tuvo que buscar en el correo de la empresa el contrato de trabajo, pues ahí estaba el domicilio de la compañía, pero en un apartado los datos personales de su representante legal y propietario. Condujo con entusiasmo, porque las calles de Nashville estaban menos congestionadas los fines de semana. De lunes a viernes eran un caos.

No le sorprendió ver que Xander vivía en el área de Belle Meade. Era una de las zonas más acaudaladas de la ciudad con un aroma de los viejos tiempos. Fincas que otrora fueron plantaciones, ahora contaban con unas mansiones hermosas cuyo precio no bajaba de un millón de dólares.

Ella conocía el barrio perfectamente, porque durante su matrimonio vivió en una de las casas, hermosa debía decir, estilo Tudor. También había mansiones de arquitectura clásica y neo-clásica, tanto como la moderna de mediados de siglo. Eran unas combinaciones fabulosas. C.J. podía decir que lo que más echaba de menos realmente era aquella preciosa casa que con tanta ilusión había elegido pensando que viviría en ella muchísimos años.

Vivir en Green Hills era mucho mejor, al menos para ella, pues no tenía que toparse con las hipócritas amistades que la habían humillado por no poder estar supuestamente a la altura del gran Noah Caldwell. Un encantador de serpientes.

—Tía, ¿vamos a la casa del tío Linux? —preguntó la niña. Su hermano mayor vivía en el área.

—No, cariño, vamos a entregarle la cartera a su dueño.

La niña asintió y retomó su lectura en la Tablet.

C.J. constató el número de la casa de Lynwood Boulevard. 205. Disminuyó la marcha. Contempló la mansión de madera y ladrillo. Era preciosa. No podía esperar menos de un arquitecto, se dijo.

—¡Guau, tía, qué casa más chula!

C.J. asintió. Apagó el motor y salió del automóvil. Era evidente que Xander estaba en casa, pues el Porsche azul estaba aparcado fuera.

—Sí, muy linda. Ahora vamos a entregarle la cartera al dueño y luego iremos por tu banana Split napolitano.

—¡Wupilupi!

Cassandra caminó sintiendo los deliciosos rayos de sol en el rostro. Se había dejado las gafas solares en casa. Cuando estuvo frente a la gran puerta doble de madera y de cristales recubiertos, llamó al timbre.

No hubo respuesta. Esperó cinco minutos. Volvió a insistir.

Momentos después se abrió la puerta.

Somnoliento. Con ojeras. Barba de dos días y sin camisa, Xander la miró.

—¿Cassandra? —dijo con voz rasposa—. Debo estar dormido si creo que estás aquí.

—Oh, lo siento, no quise interrumpir… es que es casi medio día y —le dio un codazo ligero a su sobrina y ella le dio la cartera— mi sobrina, Yessa —la niña sonrió— encontró tu cartera en el patio de mi casa. Pensé que quizá estarías preocupado por ella, así que… —soltó el aire—. Aquí tienes —

dijo extendiéndosela.

Xander se pasó una mano por el cabello, tomó la cartera.

—Gracias… espera —pidió cuando C.J. estaba dispuesta a darse la vuelta para irse con su sobrina—, por favor, pasa a tomar algo. Me voy a dar una ducha y bajo. ¿Está bien?

—Errr…

—Está bien —contestó Yessa por su tía y entró a la casa.

Xander rio y le hizo un gesto a C.J. para que pasara. Ella sonrió y cruzó el umbral de la puerta. Se estaba arrepintiendo de su tonta idea de ir a casa de Xander, pero no tuvo de otra que entrar. No tenía mucho sentido quedarse atrás.

Él subió las escaleras, mientras Cassandra se adentraba en el salón. Se quedó asombrada. Para ser la casa de un hombre soltero estaba bellamente decorada e impecable. Tonos marrón y oro chapado. Muebles… vaya, vintage. Alfombras gruesas, sofás amplios y acolchonados. Pasó la mano sobre ellos, con una sonrisa al ver a Yessa perfectamente acomodada sobre uno de ellos zambullida en Harry Potter. Avanzó hasta el comedor que estaba en la sala contigua y luego había una puerta que daba a un patio inmenso. No había piscina. Solo césped verde y un columpio muy mono.

A la derecha estaba la entrada a una cocina. Curiosa, avanzó. ¡Guau! Todos los implementos necesarios para que un aficionado a la cocina se volviera loco. Había una escalera lateral. Ella deducía que seguro llevaba a las habitaciones.

Abandonó la cocina y volvió al salón. No quería parecer chismosa. Se sentó junto a su sobrina. Al poco rato bajó alguien inesperado. Una mujer. Muy bonita, por cierto. Pómulos altos. Ojos vivaces. Cabello negro recogido en una cebolla sobre la cabeza y vestía un vestido que dejaba poco a la imaginación.

Poderes del universo quiero teletransportarme, se dijo.

Inmediatamente tomó de la mano a Yessa y esta la miró confusa cuando la instó a levantarse.

—Nos vamos —le susurró al oído.

—¿Por qué, tía? Xander dijo que nos pongamos cómodas. Anda, no seas aguafiestas que voy en el mejor capítulo.

—He dicho…

En ese instante la mujer se acercó. Ella sentía una molestia que era bastante parecida a los celos. No tenía ningún derecho. Ninguno. Es que la sola idea de haberse dejado embaucar, aunque fuera por un solo segundo ante la idea de un hombre siendo sincero, la enfermaba.

¿Por qué si no estaba Xander con ese rostro somnoliento? Era porque había estado teniendo una maratónica sesión de sexo nocturno. Dios. Probablemente habían interrumpido una sesión mañanera. A decir por la mirada radiante de la mujer aquella, siendo ya medio día, eso era más que seguro. Además tenía el cabello húmedo. «Ay, Cassandra, no vayas por esos caminos», se dijo a sí misma.

La desconocida se acercó.

—Hola —estiró la mano y Cassandra no tuvo de otra que tender la suya—, me llamo Nicole. —Sonrió.

«Además tenía los dientes perfectos. Genial», se dijo C.J. con sarcasmo.

—Cassandra Bostworth —dijo con un tono altivo. No sabía de dónde había salido semejante bobería. ¿Qué quería dejar en claro?

—Oh, vaya, todo un nombre. ¿Algo para Bostworth Luxury?

—La empresa de mi familia —repuso con tono seco. No quería permanecer ni un segundo más en esa casa. Había sido un error. Apretó los dientes.

—Oh, maravilloso. ¿Y trabajas ahí?

—Soy la gerente general actualmente, y encargada de la presidencia.

—¡Guau! Todo un logro. Me encantan las mujeres como tú. Decididas y que tienen un lugar en la junta directiva. Dirían los hombres: las bolas bien puestas. —Luego se echó a reír haciéndole un guiño—. Yo soy…

—Una amiga —dijo Xander poniendo la mano sobre el hombro de Nicole. Dejó escapar una sonrisa cuando Cassandra no pudo evitar esbozar una mueca. Así que estaba celosa.

Interesante.

—Bueno, ya te trajimos tu cartera, ahora nos vamos —dijo C.J.

Yessa miraba a uno y otro. Era extraño que su tía se portara tan fría con una persona. Por lo general, la tía Cassy solía ser muy amable, pensó la niña.

—Oh… —expresó Nicole con desconcierto sintiendo la corriente de rechazo de parte de Cassandra.

Xander sonrió.

—Nicole es veterinaria. Ayer como hubo tormenta la ayudé hasta entrada la madrugada a cuidar de los perros del refugio que ella dirige, porque uno de los veterinarios que tenía el turno se enfermó.

—Tengo que ir a recoger a mi esposa al aeropuerto en la noche, así que debo organizar la casa. Gracias por dejarme dormir aquí unas horas, Xander, y por tu ayuda en el refugio —dijo Nicole. Le dio un abrazo a su amigo y luego miró a Cassandra—: Ha sido un gusto saludarte. Espero que en algún momento podamos conversar. Mi esposa es aficionada a la tienda departamental de tu familia.

—¿Sí? Gracias —replicó C.J., consternada. ¡Vaya papelón! La amiga de Xander era lesbiana. Estaba casada. Había pasado la noche porque se habían quedado hasta el amanecer en el refugio—. Que vaya bien —atinó a decir. Estaba segura de que se había sonrojado.

Nicole asintió, se despidió de Yessa, y luego salió a esperar el taxi que había llamado antes de bajar las escaleras.

La sobrina de Cassy se desentendió de ellos y fue a sentarse lejos con su Ipad. Pretendía avanzar en la lectura, porque una vez en casa estaba segura de que su padre le restringiría el uso de la Tablet aunque fuera para leer. Si no lo conociera.

C.J. se quedó de pie, mirando el suelo de parqué.

Xander le tomó la barbilla y la elevó para que lo mirara.

—Cassandra…—Ella lo miró con vergüenza—. ¿Qué pensabas?

—En realidad no pensaba, así que ese es el problema —repuso, nerviosa—. Además, lo que yo pueda o no pensar no tiene importante. Tú y yo solo trabajamos juntos, así que…

La boca de Xander la silenció. Introdujo los dedos en el cabello rubio y con la mano libre la sostenía de la cintura firmemente pegada a su cuerpo. Sus labios se amoldaron a los de C.J. Ella iba a protestar, pero él utilizó ese momento para deslizar la boca y recorrerla.

El corazón de Cassandra le latía a mil por hora. El aire de sus pulmones parecía expandirse durante el momento en que sus bocas se acoplaban la una a otra en un engranaje perfecto. El deseo que se despertó en ella la arrasó por completo y el palpitar que experimentó entre los muslos se lo confirmó.

Sentía los pechos pesados, los pezones erectos y eso hizo que se olvidara de todo lo demás. Debería apartarlo, se dijo, mientras disfrutaba del sabor de esos besos. Pero a cambio posó las manos en los firmes pectorales de Xander y lo acarició. Empezó a ascender hasta que enganchó los dedos detrás la nuca.

Los gemidos de Cassandra lo estaban volviendo loco. Quería descubrir cada   parte de su cuerpo. Era esbelta y encajaba perfectamente en él. Le gustaba verla desenfadada, sin maquillaje y vestida con ropa casual.

—Tía Cassy, ¿puedes dejar de hacer eso? ¡Quiero mi banana Split napolitana! —dijo Yessa interrumpiéndolos.

Sonrojada, C.J., se apartó de Xander, pero él no se sentía en absoluto consternado ni avergonzado.

—Deberías estar leyendo —fue la respuesta de C.J. Ante lo cual Xander no pudo evitar soltar una carcajada. Eso le valió una mirada de advertencia de C.J.

—Bueno, pues no deberías estar besándote con tu novio, tía.

—Él no es mi novio.

Yessa la miró confusa.

—Tengo helado en la nevera, ¿qué te parece si te preparo uno? —intervino Xander para salvar a C.J. de tener que encontrar una respuesta que rebatiera la apreciación de la niña.

—¿De verdad? ¿Tienes de varios sabores? —preguntó olvidándose del beso que acababa de presenciar.

—Por supuesto.

Cassandra le dijo gracias con una mímica de los labios, y Xander le hizo un guiño a cambio. Yessa lo siguió feliz, mientras su tía recuperaba la compostura.

Xander descubrió que le gustaba la sobrina de C.J. Era una niña despierta, dicharachera y muy golosa. Se comió dos tandas de helados, a pesar de las protestas de su tía. Un rato después, los padres de la niña contactaron a C.J., para decirle que pasarían por la niña dentro de treinta minutos.

—¿Por qué no les dices que pasen por aquí? —sugirió él—. Quizá sea más rápido desde donde vienen. Se me ocurre. Tú decides al final.

—Sí, tía —dijo Yessa—, vivimos a poca distancia de aquí. Pero que no se te olvide que nos queda pendiente que me acompañes a tu piscina.

Cassandra se rio y se inclinó para abrazar a la niña.

—Pero te has comido dos tandas de helado. Prácticamente lo has dejado a Xander sin reservas de golosinas.

—Nah, mi sobrina es igual de golosa —intervino él recogiendo los tres recipientes y dejándolos en el lavaplatos—. Quizá cuando llegue Sasha puedas venir a jugar con ella, Yessa. Es fanática de las barbies y también de coleccionar rompecabezas. Tiene la misma edad que tú.

La pequeña lo miró con ilusión. Eso le derritió un poquito más el corazón a C.J. Él tenía un toque especial con los niños. Yessa era una niña dulce, pero no fácil de aproximarse, y Xander se la había ganado. No por el helado precisamente, sino porque conversaba con ella y parecía entenderla a la perfección.

—¿Puedo volver aquí? —preguntó la niña con voz aguda y ojos asombrados. Antes de ir por los helados, Xander les había hecho un tour por la planta baja de la casa. Una sala de juegos para adultos: billar, dardos, mesa de cartas y una ruleta. Una biblioteca magnífica. Un despacho alterno de Xander para trabajar en casa. Un salón de masajes y jacuzzi interior. Luego la cocina en donde finalmente se quedaron.

—Yessa… —advirtió C.J.

—Totalmente. Ahora somos amigos, hemos compartido helado. ¿Cierto? —preguntó él con una sonrisa. Yessa asintió—. Perfecto. Entonces está dicho. En la planta de arriba tengo algunas habitaciones y un cuarto de juegos que mandé a construir para Sasha. Pueden compartirlo… si tus padres y tu tía te autorizan a venir, por supuesto.

—Gracias, Xander, eres mucho mejor que mi tío Noah… o no sé si decirle tío porque ya no está casado con mi tía Cassy —dijo dubitativa. Cassandra bajó la mirada, pero él le tomó la mano y se la apretó con ternura—. Tía, ¿les dirás a mis papás que vengan a recogerme aquí?

Sería ridículo y poco práctico tomar el camino de regreso hasta Green Hills para que su hermano recogiera a Yessa, cuando la casa de Charles y Sophia quedaba de camino. Pero ella no quería que su hermano empezara a hacerle preguntas. Pues quizá y la encrucijada se la tenía merecida por andar de buena samaritana.

De acuerdo, no era verdad, estaba pasando por ese momento por el hecho de querer tener una excusa para saber si Xander estaba apartándose de ella. ¿De cuándo acá le interesaba lo que hacía o dejaba de hacer él? ¿Solo por un beso en el portal de su casa varios días atrás?

Sí. Fue más que un simple beso. Había removido los cimientos del deseo que estaban dormidos en su cuerpo. Aunque como decía Serena, Andy no era el mejor compañero. Xander había despertado su necesidad de tocar, recibir y dar placer   de   un   modo   impactante.

Estaba un poco confundida sobre sus emociones. Al menos aquellas que no tenían que ver con la lujuria. Aunque para ser sincera, nunca se había dejado llevar por esta última… hasta que lo conoció a él. Asustaba, porque sus inseguridades aún la perseguían.

—Está bien —repuso Cassandra. Le envió un mensaje de texto a su cuñada, pues su hermano debía estar conduciendo y no leería a tiempo. Minutos después, Sophia respondió que estaban en camino a la nueva dirección—. Listo.

***

Cassandra despidió a Yessa con un abrazo, no sin antes presentarles a su hermano y su cuñada a Xander. Ninguno hizo comentarios cuestionando que C.J. estuviera de nuevo en ese vecindario en la casa de una persona que Charles no conocía. Generalmente los hermanos Bostworth sabían qué amistades compartían entre ellos.

Xander notó que tanto Sophia como Charles eran bastante altos. Ambos muy simpáticos y destilaban sencillez. Le cayeron bien de inmediato. Él los invitó a pasar a la casa, pero ellos se excusaron educadamente.

—Gracias por cuidar de ella —dijo Sophia a su cuñada. Luego miró a Xander y expresó—: Qué gusto conocer a un amigo más de Cassy.

—Un placer, Sophia.

—En realidad trabaja conmigo haciendo unas remodelaciones en casa —se apresuró a explicar C.J.—. Es dueño de una compañía de arquitectos y diseños de interiores. Zhurov & Compañía.

—Vaya, gracias, no podía haber hecho mejor presentación de mí mismo —expresó Xander mirándola con una sonrisa en los labios. ¿Por qué estaba nerviosa?

—Mis amigos siempre necesitan arquitectos o personas que readecúen sus espacios de oficina. Si mi hermana te ha contratado debes ser el mejor en tu área. Cassy trabaja solo con los mejores —dijo Charles mirando a su hermana con orgullo—. ¿Tienes tarjeta de presentación?

—Dentro, en mi estudio privado, pero te puedo enviar mi número de contacto si me das el tuyo. —Intercambiaron información—. Pues ahí tienes.

—Estupendo. —Le dio un apretón de manos a Xander y luego se giró hacia su hermana y la envolvió en un cálido abrazo—. Nos vemos, Cassy. Luego me contarás quién es este hombre porque es más que solo un empresario que trabaja para ti por ahora, ¿verdad? —le susurró esto último muy bajito al oído para que solo ella escuchara.

—Adiós, Charles —dijo ella en el mismo tono bajo, pero en este caso dándole a entender que no iba a explicar nada.

Con una sonrisa, los Gosling Bostworth se alejaron en un precioso Jaguar.

Aún de pie en la acera, Xander miró a C.J.

—¿Estás nerviosa de quedarte a solas conmigo?

—No, ya tengo que marcharme.

—Ah, pero has dejado la bolsa en mi casa —dijo con una sonrisa lobuna señalando la entrada de la mansión.

—Si fueras un caballero irías por ella y me la traerías.

Xander soltó una risa grave. Se inclinó sobre C.J., y acercó los labios a la oreja pequeña. Le mordió el lóbulo con intención, haciéndola dar un respingo.

—Cassandra, tendrás que cruzar conmigo esa puerta. No te lo voy a poner fácil. Esta vez, tenemos todo un día.

Ella contuvo la respiración.

—¿Qué quiere decir eso?

—Si tienes curiosidad, sígueme.

Lo vio caminar hacia la casa. Tenía un paso ágil. Como el de un leopardo. Y a pesar de su altura caminaba con soltura. De espaldas anchas y brazos fuertes, Xander era todo un guerrero moderno. Un guerrero en las oficinas corporativas. Porque había estudiado sus antecedentes, tal y como había hecho con las otras empresas que habían participado en el concurso para trabajar con ella. Xander se había hecho a sí mismo. No le debía nada a nadie y su negocio crecía cada día.

Con curiosidad o sin curiosidad no podía irse de Belle Meade, no podía huir, primero porque las llaves de su automóvil estaban guardadas en la bolsa, y la bolsa estaba en el salón de

Xander, segundo, porque por primera vez en mucho tiempo quería explorar sus propios límites y dejar a un lado sus miedos. Si había una persona capaz de conseguirlo, estaba segura de que era el guapo arquitecto que acababa de cruzar la puerta doble de madera que estaba a varios pasos de distancia de la acera.

Miró al cielo. Como si pudiese encontrar una respuesta. Ella había vivido rodeada los últimos meses de nubes oscuras y tormentas. Aún no escampaba, pero lo que quedaba eran solo tenues chubascos. Quizá el hecho de que ese día el sol brillase en un firmamento azul y claro era una señal.

CAPÍTULO 9

Los brazos de Xander la recibieron en la entrada. Le tomó el rostro entre las manos y la miró con intensidad. Esos ojos verde-azulado se habían tornado más profundos. Cautivadores. Ella no quería quedarse atrapada por ellos, así que buscó con la mirada su bolsa.

—Cassandra…—dijo, urgiéndola a mirarlo. Cuando ella lo hizo, sonrió—. Quédate a almorzar conmigo.

—Me tengo que ir —susurró.

—Es sábado. Tenemos todo el día por delante. Yo cocinaré.

—¿Sabes cocinar?

—No en vano tengo una cocina con todos los implementos profesionales necesarios. Mi madre nos enseñó a cocinar a Annika y a mí. Platos rusos, norteamericanos y cada uno fue aprendiendo en el camino a hacer lo que más le gustaba. Así que, ¿qué dices? Una forma de compensarte por haberte tomado la molestia de venir a dejarme la cartera.

Ella asintió.

—Está bien, gracias.

Él se apartó con una sonrisa.

—Sígueme. Voy a preparar Borsh. Si te lo preguntas, pues es una sopa típica de Rusia, aunque también es uno de los platos principales de Ucrania. Es rápido de preparar. Si no te gusta, puedo intentar hacer alguna otra cosa, pero créeme, realmente vale la pena.

—Estoy segura de que me gustará —dijo ella, sonriéndole. Se sentó en una de las sillas altas del mesón—. ¿De qué parte de Rusia eres exactamente? —preguntó sintiéndose cómoda y ligera. Como si estar en la cocina de Xander, viéndolo recoger los ingredientes para cocinar, fuera lo más natural del mundo.

Él empezó a lavar los tomates de espaldas a Cassandra. La ventana de la cocina daba al patio de la casa. La miró sobre el hombro.

—San Petersburgo. —Alternaba la limpieza de los alimentos con su charla—. Mi madre era norteamericana, mi padre, ruso, así que cuando se enamoró de papá se fueron a vivir a Rusia. Nací yo, pero a los dos años hubo algunos problemas políticos en mí país. Mi padre era asesor diplomático internacional y también abogado, así que le ofrecieron una plaza en Nueva York. Después nos mudamos aquí a Nashville, y mi madre tuvo a Annika.

—¿Vas con frecuencia a Rusia?

Él negó mientras apartaba las papas, remolacha, zanahorias, cebolla y col. Luego fue hasta el frigorífico y sacó la carne, la puso a hervir. Luego se giró para darle la cara a Cassandra., apoyándose contra el mármol negro del lavadero. Cruzó los brazos sobre el pecho. Le sonrió.

—Mi hogar es Norteamérica. Tengo parientes en Rusia, pero lo cierto es que no los conozco. Nunca volvimos, ni siquiera de vacaciones. Este es el entorno que conozco. Aprendimos de la cultura y un poco el idioma, pero nada más allá de eso.

—Te desenvuelves bastante bien en la cocina. La verdad es que a mí no se me da esto de la gastronomía. En realidad, lo que me gusta es preparar ensaladas y cosas rápidas —comentó sonrojándose.

Xander rio.

—Bueno, ¿quién ha dicho que es solo prerrogativa de las mujeres cocinar? A mí me parece un modo excelente de comer de manera saludable y disfrutar de la casa. Salir a restaurantes está bien, pero siempre en casa todo es más cómodo. Si no te gusta, pues no te gusta y ya está.

—¿Puedo ayudar en algo…? —preguntó a cambio.

Él asintió.

—En el frigorífico negro está el pan, por favor, sácalo. Luego puedes ponerlo en alguna de las bandejitas que están en los anaqueles de la vajilla. Ajá eso, a tu izquierda. Exacto. Luego lo pondremos en el horno para que esté tostado. El borsh se come con pan. Ahora haré smetana.

—¿Qué es eso?

—Una salsa agria típica.

—Me siento bastante inútil…

Xander rio. Se apartó de la cocina, no sin antes ajustar el fuego lento mientras se cocinaba la carne. Se acercó a Cassandra.

—Te invité a comer conmigo. Tu trabajo es simplemente comer y decirme que está delicioso.

C.J. se rio.

—Ya te diré si ha merecido la pena esperar a tu cocina.

—Haré que valga la pena —replicó con un doble sentido que puso los nervios de C.J. a agitarse.

Y antes de que ella dijera nada más, Xander le robó un rápido beso. Luego se volteó y continuó cocinado. Le habló de cómo empezó su empresa, ajeno al hecho de que C.J. se tocaba los labios con los dedos, sorprendida por el modo en el que su toque más simple, la hacía arder.

Xander le contó sobre la pequeña herencia de sus padres que le sirvió de aval inicial para empezar a darle forma a su empresa. También le dijo que le resultaba difícil que su única hermana viviese en un estado lejano, pero que entendía que cada uno en la vida tomaba un camino diferente y se sentía agradecido de que pudiera proporcionarle la oportunidad de quedarse en una casa confortable cuando Annika y Sasha venían de visita.

Comieron con gusto. Ella tenía que reconocer que estaba realmente delicioso. Y así se lo hizo saber. Charlaron un poco más de cosas superficiales de la profesión, los cambios que habían ocurrido últimamente en la política local, e incluso del Super Bowl. Cuando argumentaron sobre cuál era el mejor jugador de toda la NFL, se enzarzaron en una discusión de más de veinte minutos. Finalmente Xander tuvo que aceptar que a pesar de las polémicas que lo rodeaban, Tom Brady era uno de los mejores jugadores contemporáneos.

Ella lo ayudó a poner la vajilla en el lavaplatos. Cuando todo estuvo limpio, Cassandra empezó a alejarse. Xander la siguió fuera.

—Gracias por la comida. Estuvo muy rica —dijo cuando llegó hasta el salón.

—¿Te gustaría ver una película en mi sala de cine?

—Vaya casa que tienes —dijo riéndose—. No entiendo cómo sales de aquí. Si yo tuviera un sitio tan completo mi familia tuviera que venir a sacarme con la policía, y Serena se pondría furiosa de seguro.

Él sonrió.

—¿Te gustan las películas de acción?

—Sí, totalmente.

Caminaron hasta una habitación que anteriormente él no le había enseñado cuando Yessa estaba en la casa. Era una salita pequeña, pero acogedora. Contaba con la pantalla gigante de cine.

Dos filas de asientos dobles reclinables y evidentemente muy cómodos estaban dispuestos a cada lado de la sala en desnivel. No había forma de que las personas que se sentaran a presenciar un filme tuvieran problemas en ver con nitidez. El piso estaba recubierto con una alfombra azul oscura y en las paredes estaban los parlantes Dolby Surround. Cada asiento era el doble del que había en las salas de cine habituales. Se podría dormir en uno de ellos.

Xander salió un rato y momentos después las luces empezaron a atenuarse.

—Ven aquí —dijo Xander tomándola de la mano para que se sentara a su lado—. Esta película me gusta mucho. Déjà vu con el actor Denzel Washington.

—No me la he visto.

Él sonrió.

—Te gustará. —Presionó un botón del mando a distancia y al instante la película empezó a proyectarse.

El brazo de Xander rodeaba el asiento, y sus dedos empezaron a acariciar el hombro derecho de C.J. Ella estaba atenta a la pantalla. Se sentía un poco somnolienta. La noche anterior la había pasado sensacional con los Woods, pero llegaron tarde a casa por la tormenta. Y con el helado y luego la comida de Xander estaba lista para dormir una siesta.

La película avanzo.

—¿Quieres que traiga un té o algo? —preguntó él, sintiéndose muy a gusto con C.J., pues esta había apoyado la cabeza en su hombro.

Ella no le respondió, así que pensó que estaría muy involucrada en la película. Lo dejó estar, pero movió los dedos hasta el cabello suave y lo tocó. Su nariz aspiró el delicioso aroma de vainilla con manzana que ella llevaba.

Cuando salieron los créditos, ella no se movió. Xander presionó el mando a distancia, le dio a los botones para apagar la pantalla, los parlantes y encender la luz.

—Cassandra… —susurró acomodándole el cabello.

—Mmm…—murmuró frotando el rostro contra su hombro.

Él sonrió. Estaba dormida. Vaya. Nunca ninguna otra mujer se había dormido en sus brazos en medio de una película. La más atrevida le había hecho una felación tal, que le dejó dando vueltas la cabeza, pero, ¿dormirse? Nadie.

—Vamos para que descanses. —Ella no dijo nada cuando Xander la tomó en brazos y la llevó hasta la planta superior—.

Estarás más cómoda.

Se sentía tan bien el aroma de Xander rodeándola. El calor que irradiaba de su cuerpo la arrullaba. Por primera vez en mucho tiempo no tenía ganas de erigir barreras. Experimentaba una sensación de placidez y comodidad que la invitaba a derretir sus barreras de hielo.

Ni siquiera abrió los ojos cuando escuchó que él entraba en una habitación y luego cerraba la puerta con el pie. Lo siguiente que experimentó fue la suavidad de un edredón bajo su cuerpo. Se giró de lado, finalmente lo miró.

—Hey… —susurró Xander acuclillado a su lado y acariciándole la mejilla—. Voy a dejarte para que descanses. ¿Sí? Siéntete en tu casa. Si deseas algo, mi habitación está dos habitaciones más adelante.

Ella asintió, observándolo tan detenidamente podía descifrar que los ojos de Xander cambiaban de intenso azul a un claro verde-azulado según su estado de ánimo. Cuando estaba serio eran azules, pero cuando estaba excitado, verde-azulados. Le pareció un descubrimiento interesante.

—Soy una pésima compañera para ver películas… Debí decírtelo —dijo con un tono risueño.

Él deslizó el dedo de su mejilla hasta los labios llenos. Los acarició.

—También tiene mucho que ver con que estés cansada del trabajo. ¿Verdad?

—Anoche con la tormenta, Serena y su esposo me fueron a dejar tarde a casa. Así que he dormido solo cinco horas. La comida me dejó knock-out.

Xander rio bajito.

—Tendré en mente para la próxima no invitarte a ver ninguna película. —Se inclinó para darle un beso en los labios. Después se incorporó, pero la mano se C.J. tomó la suya con firmeza—. ¿Qué sucede?

C.J. iba a arriesgarse, porque hacía mucho, mucho tiempo, que no deseaba algo con tanta intensidad como deseaba a Xander. Tocándola. Sí que sentía miedo y sí que tenía inseguridades, pero algo le gritaba que él podía ahuyentar sus pesadillas para siempre. Todo implicaba un riesgo, y en esta ocasión, cualquiera que fuesen los efectos colaterales, estaba dispuesta a aceptarlos.

—Xander... te deseo —confesó. Observó el rostro impactado de él por la confesión. Era consciente de que Xander sabía lo que causaba en ella, pero que se lo dijera tan abiertamente cuando desde un inicio intentó portarse hermética, era otra cosa—. ¿Tú...?

Él le tomó la mano y le besó la parte interior de la muñeca.

—Te deseo con locura, Cassandra. Lo sabes.

—¿Pero...? —dejó suelta la pregunta al ver la duda en sus ojos. Quizá se estaba arriesgando nuevamente e iba a salir escaldada.

—Quiero entender por qué has permitido que la gente se forme una opinión equivocada de ti. Por qué les has permitido pensar que eres implacable sin sentimientos, cuando eres toda pasión y entrega.

Ella lo miró con tristeza.

—Tiene que ver con lo que escuchaste ese día en la oficina.

—¿Noah?

—Sí.

—Háblame. Dime qué te hizo. Por qué permites que continúe trabajando en esa empresa.

C.J. suspiró.

Xander se descalzó y subió a la cama. Ella lo siguió con la mirada. Él se puso de lado, apoyando la mano en la barbilla. C.J. hizo lo mismo, pero apoyó la mejilla en la palma de su mano derecha, sobre la almohada.

—Él y su familia firmaron un contrato por una década para aperturar un departamento de artículos para automóviles de lujos y de colección en casi la mayoría de nuestras tiendas de Bostworth Luxury. Ese contrato expira dentro de pocas semanas. Si mi padre no expresa su voluntad de no renovarlo, por una cláusula se asume que automáticamente serán diez años más de la asociación.

—¿Y eso qué tiene que ver contigo?

—Tengo que estar como gerente general en todas las reuniones. Exponer un balance de resultados trimestral. Si mi padre no está, entonces yo lo reemplazo, como ahora. Puedo saltarme algunas reuniones, pero no todas. No las más importantes en las que suelen estar los jefes departamentales y los socios comerciales como los Caldwell. En este caso, Noah.

—Deberías hablarle a tu padre de cómo se porta ese cretino.

Ella sonrió con tristeza.

—Xander, casarme fue un error de juicio terrible. No es un error de mi padre ni de nadie. Solo mío. No puedo permitir que una alianza comercial que nos ha traído tantos beneficios se acabe por culpa de una elección equivocada.

—Tu padre jamás pondría los negocios por sobre su propia hija. ¿O sí?

—No, pero yo tampoco dejaría que la alianza comercial se desajustara.

—¿Cuál es el plan?

—Convencer a mi padre de no renovar el contrato sin aludir a mis inconvenientes personales de tener a Noah alrededor. Con argumentos numéricos.

—¿Y los tienes? —preguntó acariciándole el cabello. Luego le tomó la mano y le dio golpecitos suaves en los dedos, distraídamente.

—Sí. Aunque de por medio existe una gran amistad entre nuestras familias.

—¿A pesar del divorcio?

—No mezclamos placer y trabajo —dijo esta vez con una sonrisa, recordándole las palabras que ella le había dicho tiempo atrás a Xander.

Él rio.

—Ahora entiendo la parte de negocios, pero, ¿qué hay de la parte personal? —insistió. No le gustó ver la sombra que se apropió de la expresión de C.J., pero necesitaba saber para poder entenderla. Quería entenderla. Apoyarla. Unas emociones que no solían surgir de él habitualmente. En realidad, nunca.

—Mi matrimonio fue desde un principio pensado en asuntos de negocios. Al menos por Noah. Él nunca me quiso por mí misma, sino por los beneficios que mi apellido podía aportarle al suyo, abriéndole un abanico de posibilidades en el entorno de los Bostworth. Siempre se mostró encantador, atento y me comprendía… o al menos fingía hacerlo —relató con decepción—. Tuve algunos novios en el colegio y la universidad, pero ninguno era tan maduro como él. Así que dado que su familia y la mía ya hacían negocios juntos, me pareció lo más natural casarme con Noah cuando me lo propuso. Era la argolla de oro para él. Aunque para mí fue el inicio de una pesadilla.

Xander apretó los dientes, pero su mirada no dejó de ser comprensiva y tierna con Cassandra. Sintió cómo ella apartó la mano tan solo para luego entrelazar sus dedos con los de él.

—¿Qué te hizo?

—Daño físico, nunca, pero a nivel emocional me destrozó. —Tomó un largo respiro—. La ceremonia de matrimonio fue muy privada y bonita. La que siempre quise. Nos fuimos de Luna de Miel a las Bahamas. —Cerró los ojos—. En el momento en que entramos a la suite con vista al mar, yo esperaba seducirlo con una ropa preciosa de encaje… él me miró con desprecio. Me dijo que solo se había casado conmigo por el negocio familiar, que no lo excitaba porque era desabrida y carente de encanto. —Xander tenía ganas de romper algo por ella. Maldito canalla. El día en que lo volviese a ver le partiría la cara a Noah Caldwell—. Me dejó sola, y se fue a jugar al casino.

—¿Entonces nunca…?

—Más allá de besos robados y ese tipo de cosas… solo una vez. Y a mí no me gustó particularmente, pero él me echó la culpa a mí. Desde entonces decía que prefería esperar a casarnos. A hacerlo todo bien…

—Es un malnacido.

—Yo intenté de nuevo arreglar las cosas. Porque pensé que quizá estaba haciendo algo mal… intenté sorprenderlo un día, antes de que acabara nuestra Luna de Miel. Él se había disculpado y retomamos la armonía. Yo acepté sus disculpas, porque no soy una persona rencorosa. No me tomes por tonta, pero pensé que podía sobrellevarlo. Le di una oportunidad. Cuando regresé de un paseo en yate entré a nuestra habitación. Él se negó a acompañarme porque no le gustan los yates, pero me instó a ir. Regresé antes de tiempo… el suficiente para encontrarlo en la cama con otro hombre.

—Dios…

—Me gritó de todo cuando le dije que quería el divorcio. Amenazó con boicotear los negocios con mi padre y un montón de cosas más… pero no pude tolerarlo más de tres meses. Me echaba la culpa de que tuviera que buscar placer con un hombre, porque yo no era lo suficientemente mujer para él —dijo con voz tan baja y rota, que Xander se acercó más a ella para escucharla—. Fueron tres meses de infierno hasta que simplemente no pude más y lo abandoné. Cada que podía me restregaba en la cara que mis pechos eran pequeños, que no le gustaban mis caderas, y que cada noche que salía de casa tenía que buscar placer en un hombre que al parecer resultaba más ardiente que una mujer. La única persona que sabe la verdad es Serena. Ella me consiguió el divorcio, aunque no es su línea de práctica legal el área de familia, es un genio. Yo… por eso es la cláusula de confidencialidad… porque temo que si alguna vez alguien escuche algo en tu empresa pueda…

Xander contuvo una sarta de improperios. ¿Cómo era posible que un hombre fuese capaz de semejante cobardía? ¿Cómo podía un hombre tratar de aquella forma a una mujer, evadiendo la realidad de su sexualidad? ¿Qué había de vergonzoso es ser homosexual y aceptarlo?

—Cariño, nosotros tenemos una ética profesional muy alta, ahora lo sabes mejor. Y hubiésemos o no firmado una cláusula como esa, yo jamás divulgaría mi vida personal. De hecho, jamás he tenido una relación con una clienta, sin embargo, contigo no me he podido resistir. Me has calado hondo… —le sonrió con ternura —. Pero muy aparte de todo eso, ¿por eso te cuesta tanto creer cuando te digo que eres hermosa? Lo eres, Cassandra.

—Xander, tú eres el tipo de hombre que busca mujeres exuberantes, exóticas y con curvas pronunciadas.

—¿Tanto me conoces? —preguntó con sarcasmo antes de reírse—. C.J., te recuerdo que he visto cada una de tus curvas en un minúsculo bikini negro y tienes una figura esbelta y perfecta. Si quisiera una mujer exuberante conmigo entonces no estaría aquí en la cama a tu lado intentando comprenderte aunque me muera por desnudarte y enterrarme en tu cuerpo.

—No sé cómo seducir... no soy buena en la cama... yo... —murmuró. Una lágrima solitaria resbaló por su mejilla.

—El hecho de que ese bastardo y cobarde te haya tratado de ese modo, no significa que debas permitir que sus mentiras calen dentro de ti. Eres una mujer preciosa, inteligente y sexy. Nunca dudes de ti, Cassandra. Deberías decirle a todo el mundo que él es homosexual. Que no se trata de que seas frígida, se trata de que él no puede tener sexo con una mujer, porque le gustan los hombres. Así de fácil. ¿Por qué tienes que cargar con la culpa de algo que no te corresponde llevar a cuestas?

—El padre de Noah es muy conservador. Si se entera es capaz de desheredar a su único hijo.

—¿Y por qué te importa eso a ti, C.J.?

—No me importa, pero no quiero decepcionar a mi padre.

—¿Y por qué habrías de hacerlo?

—Porque la alianza con Caldwell se derrumbaría, y es algo que él no desearía. No quiero que se afecte el negocio ni se arme un escándalo.

Una chispa surgió en la mente de Xander.

—¿Qué necesitaría tu padre para reemplazar a Caldwell sin pensárselo?

Ella frunció el ceño.

—Una oferta de negocios que genere garantías de rentabilidad y que a la vez sea innovador y necesario para nuestros clientes. Un pack que también implique exclusividad.

—Tengo la solución perfecta para ti.

Ella sonrió.

—No me digas. ¿Cuál es esa?

—Necesito un estímulo para poder desarrollarla bien —dijo cambiando el tono preocupado y meditabundo, por uno sensual y ronco al mirarla a los ojos.

C.J. se mordió el labio inferior y luego lo soltó suavemente.

—Xander... te lo acabo de contar... mi matrimonio fue un desastre, y desde hace mucho tiempo que no estoy con nadie... Lo cierto es que tengo miedo de no ser capaz de complacer o ser lo suficientemente buena... y...

Él la miró con ternura.

—Verte es un placer en sí mismo para mí, Cassandra, ¿no lo sabes? —preguntó acercándose hasta que sus narices estuvieron pegaditas y sus labios a dos milímetros de distancia—. No quiero que hagas nada más que disfrutar. ¿Me dejarás demostrarte cuánto te deseo? —preguntó sobre los labios temblorosos de C.J. —. ¿Me dejarás darte placer y hacerte disfrutar?

—Xander... —murmuró perdida en la emoción que causaban sus palabras.

—¿Xander, sí o Xander, no?

Ella soltó una risa nerviosa cuando sintió la mano de él introduciéndose bajo su blusa y acariciándole con los dedos el vientre plano.

—Sí.

Él se colocó sobre C.J. apoyando su peso en los antebrazos para no aplastarla. Se sentía condenadamente bien estar tan cerca de ella. Olía maravillosamente. Empezó a besarla con dulzura. Sin apuro. Saboreando su boca y sintiendo cómo ella se abría a él. Invadió esa calidez con su lengua, la exploró a conciencia en medio de los suaves gemidos que salían de la garganta de C.J. y él absorbía con placer.

El peso de Xander sobre ella se sentía muy bien. No la tocaba, solo la besaba. ¡Y qué manera de hacerlo! Era a ratos dulce y a ratos voraz. Poco a poco sintió cómo la dureza de su miembro crecía contra su pierna. Tenía un muslo entre sus piernas y el otro descansaba sobre el colchón.

El calor y la electricidad que manaban de sus cuerpos creó en C.J. una sensación primitiva de tensión entre sus muslos. Sus pechos estaban hinchados y los pezones erectos. Cada caricia de la lengua reivindicaba su convicción de que jamás la habían besado dejándola al borde del delirio como él estaba haciendo.

—Tienes una boca deliciosa —murmuró Xander, contemplándola. Intentando respirar con normalidad. Era imposible.

—Lo sé —dijo con una sonrisa.

A él le gustó verla relajada y sintiendo que al menos, en el aspecto de sus besos, se sentía confiada de sí misma. Esperaba que a medida que avanzaran sus caricias esa confianza en ella como mujer fuera recuperándose y afianzándose. Porque Cassandra era realmente preciosa.

—Me estás mirando demasiado rato —dijo ella, indecisa—. ¿Vas a detenerte?

—¿Acaso me tienes por un hombre fuera de sus cabales? —preguntó con dulzura. Deseaba admirarla un rato, antes de denudarla y poseerla. Le gustó notar las pupilas de Cassandra dilatadas, la vena temblorosa en la parte baja de su cuello y el modo en que sus pechos subían y bajaban agitados. Eran los síntomas inequívocos de cuán excitada estaba. Él quería saborear ese instante—. Solo me estoy permitiendo contemplarte.

—¿Y eso es…?

—Espero que no estés buscando halagos señorita Bostworth.

Cassandra elevó las manos para enredarlas detrás de la nuca de Xander.

—Solo quiero que te calles de una buena vez y me beses… por favor.

Con una carcajada ronca, Xander la besó un largo rato, no sin antes empezar a deshacerse de su propia ropa. Entre ambos se desnudaron poco a poco. Con deliberada lentitud. Cuando C.J. se quedó en sujetador y bragas, él resopló.

—No me equivoqué. De cerca eres aún más hermosa. Tu piel es suave como la seda —dijo acariciando con los nudillos la parte superior de los cremosos pechos. Podía ver los pezones erectos. Dibujó un trazo hasta el duro botón y lo apretó entre los dedos con fuerza. Ella se arqueó.

—¿Sí? —preguntó insegura esta vez. Xander se había dejado el bóxer azul marino. Y la erección que cubría solo daba cuenta de que era grande. Mucho. ¿Cabría en ella?

—Confía en mí —replicó con una sonrisa.

—No tengo muchos con los cuales compararte —murmuró acariciándole la mejilla bien afeitada, para luego dibujar con sus dedos el contorno de esos rasgos esculpidos y varoniles.

Él enarcó una ceja.

—Me alegra, porque tú no eres comparable con ninguna otra mujer con la que haya estado nunca —dijo con seriedad.

Y fue esa mirada decidida, ardiente, y el tono firme de su voz, lo que hizo a Cassandra saberse deseada como nunca antes. Y era una sensación maravillosa. Ella no había sentido jamás tanto deseo por un hombre, y después de tantas humillaciones y tiempo conteniéndose por su pasado, el nivel de excitación era mucho más intenso que nunca.

—Hazme el amor, Xander.

—Quiero que estés absolutamente segura.

Cassandra le acarició la mejilla con dulzura.

—Lo estoy.

CAPÍTULO 10

La visión de los pectorales musculados y bronceados de Xander, le secaron la boca. Los brazos al flexionarse le provocaban ganas de mordisquearlo, y esas abdominales marcadas la invitaban a probarlas. Pero era la expresión fiera y excitada en la mirada verde-azulada la que la dejaba sin aliento. Porque la deseaba de verdad. A ella y nada más que ella.

Xander se inclinó para besarla. Ella suspiró antes de darle la bienvenida en su boca. No creía posible poder olvidarse del sabor adictivo de sus besos. Cuando él se apartó de su boca, le dedicó una sensual media sonrisa. Le besó el cuello, los hombros y cuando llegó a sus pechos lamió la parte superior de cada uno.

—Xander…

Él no respondió a la súplica. Con dedos ágiles deshizo el broche delantero del sujetador y dos preciosos montículos de cremosa suavidad quedaron desnudos. Los pezones del color de las cerezas estaban duros y las areolas pequeñas lo invitaban a probarlas y degustarlas.

—Eres un primor. Tus pechos son tan bonitos, toda tú — dijo antes de cerrar los ojos e inclinarse para meterse en la boca uno de ellos.

Lamió y chupó los pezones con deleite. Cassandra suspiró y le acarició el cabello, excitada ante la visión de la boca masculina cerrándose en torno a cada uno de sus pechos. La hizo disfrutar a conciencia con sensibilidad, a ratos las manos grandes y fuertes reemplazaban la boca en un pecho, mientras esos labios tibios y expertos iban a torturar el otro.

Xander se deslizó más abajo en su cuerpo, besando cada espacio de piel con la boca abierta, paladeando el sabor de cada recodo. Cuando llegó a las caderas, elevó la mirada. Los ojos de Cassandra estaban abiertos de par en par, pero su expresión era ávida y necesitada de placer. Y él pensaba dárselo. Tomó el borde de las bragas y empezó a deslizarla con suavidad hacia abajo.

Al tiempo que sentía cómo sus bragas se deslizaban fuera de sus caderas, Cassandra también sentía la boca de Xander en cada una de las partes que iba recorriendo hasta llegar a sus pies. Vio cómo lanzaba sus bragas a un lado. Soltó un jadeo nervioso. Contuvo la respiración cuando miró las manos bronceadas apoyarse en sus muslos y abrirlos, dejándola completamente expuesta. Sin darle tiempo a protestar Xander se inclinó y acarició con la lengua el centro de su feminidad.

—Oh, Dios… qué bien se siente eso… —susurró completamente entregada a las caricias pecaminosas a las que esa boca la sometía.

Él continuó saboreándola, torturando su sensible carne, hasta que ella dejó de pensar y se entregó tan solo a sentir. Echó la cabeza hacia atrás y cerró los ojos. No pudo evitar emitir gemidos de placer a medida que él la tocaba. Mientras la boca de Xander la acariciaba, arqueó las caderas al experimentar la penetración de uno de sus dedos. Luego otro. Y así, en una cadencia deliciosa, empezó un ritmo de placer que la hizo experimentar un manto de sensaciones que jamás había sentido. Con nadie.

—Xander… —susurró cuando el orgasmo la envolvió.

Mientras los espasmos de Cassandra atrapaban sus dedos,

Xander la contempló. Y con la mano libre acariciaba esos pequeños y perfectos pechos. Verla tan entregada, confiada y sensual casi lo hizo eyacular como un quinceañero. Era una mujer receptiva y a él le encantaba su cuerpo. Era esbelto y elegante.

Cuando Cassandra empezó a volver a la realidad, con una sonrisa satisfecha en el rostro, vio la mirada de Xander.

—Me encantan tus gemidos mientras te tomo con mi boca.

Ella sonrió y miró hacia abajo.

—Quiero devolverte el favor —dijo con voz grave—, pero antes, necesito tenerte dentro de mí. —Él se apartó ligeramente y fue por un preservativo. Se lo puso con rapidez ante la mirada ávida de Cassandra—. Eres grande —susurró con apreciación.

Xander dejó escapar una carcajada ronca, mientras se colocaba entre las piernas femeninas.

—Cabré perfectamente en ti, cariño —dijo antes de penetrarla lentamente, cuanto duro y grueso era, y de una manera tan excitante que ella no pudo más que gemir de apreciación, mientras él se iba abriendo espacio entre sus íntimos pliegues—. Estás tan húmeda… —murmuró antes de apoderarse de la boca de Cassandra, dejándola saborearse a sí misma, mezclando el sabor de sus besos.

C.J. clavó las uñas sobre los hombros de Xander y ciñó las esbeltas piernas a las caderas masculinas, sintiendo las pulsaciones en su sexo mientras él embestía con ímpetu. Él enganchó la mano a su rodilla y la abrió todavía más para penetrarla profundamente, haciéndola estremecerse.

Xander tembló, sumergido en un cúmulo de sensaciones que se avivaban con los sonidos de sus cuerpos chocando. La voz de Cassandra era como el canto de una sirena, entre gemidos diciéndole que fuera más rápido, que la penetrase más profundamente al tiempo que él la hacía consciente de su fuerza y deseo sexual por ella. Le encantaba la expresión de desgarrador abandono en el rostro femenino, lo observaba con una pasión demoledora y de entrega absoluta, mientras los dos se lanzaban a la búsqueda de la mutua satisfacción.

El deseo que Cassandra había refrenado con otro hombre explotó. El clímax para ella fue devastador. Su mente y su cuerpo fueron arrasados por un estallido que dejó su mente limpia y finalmente, libre.

—Dios, nena, me vas a matar…—gimió Xander antes de embestir con fuerza, mientras su boca chupaba uno de los erectos pezones. Luego, agitado y sudoroso, tomó los labios de Cassandra y la devoró con la misma fuerza con la que el orgasmo lo arrasó, sintiendo la manera en que las paredes íntimas se cerraban en convulsos espasmos alrededor de su miembro.

***

—¿Estás bien? —preguntó él, abrazándola contra su costado. Se habían duchado juntos y fue en ese momento cuando Cassandra decidió volverlo loco tomándolo con la boca. Era el mejor sexo oral que ninguna mujer le hubiese hecho en su vida. Esa chica era puro fuego y él deseaba continuar ardiendo con ella.

C.J. le sonrió. "Bien" era una palabra que definía pobremente lo que experimentaba. Se sentía pletórica, plácida… saciada.

—Sí, lo estoy. ¿Tú?

La risa ronca de Xander la sorprendió. Frunció el ceño.

—No pongas esa cara de duda. Eres una amante complaciente y receptiva. Y solo de pensarlo tengo ganas de volver a hacerte el amor —susurró tomándola en brazos y acomodándola sobre su fuerte pecho—. ¿Qué te parece?

—Me parece una idea estupenda, pero tengo que ir a comprarle el obsequio de aniversario a mis padres. Llegarán a finales de la próxima semana —dijo dándole un beso en la barbilla—. El fin de semana entrante tengo que ir de viaje a una convención gerencial en representación de mi padre.

—¿Dónde?

—Louisville, Kentucky.

Él frunció el ceño.

—Mmm…, de acuerdo. Por cierto, ¿no era la readecuación de la oficina el obsequio? —preguntó acariciándole la espalda con los dedos. Le encantaba la piel de Cassandra. Era tan suave. Parecía hecha de seda.

Ella sonrió.

—Ese es el regalo de papá, pero mi madre adora los detalles. Se resentirá si su única hija no tiene un gesto con ella. Aunque no sea material. Cualquier cosa que le dé ella es feliz, pero no me puedo olvidar. De hecho, harán una fiesta a su regreso.

—No me digas.

Cassandra dudó, pero al ver la mirada diáfana de Xander esa duda se esfumó.

—Sé que esto es solo algo sexual, y créeme que no voy a formarme expectativas alrededor, así que…

Xander hizo un rápido movimiento y la colocó debajo de él. Ella rio.

—Tú eres la que ha catalogado lo que acaba de suceder entre nosotros. Si es lo que quieres, dejarlo en términos meramente sexuales, me parece bien. —Ella se sintió decepcionada de que no la contradijera, pero al mismo tiempo aliviada de que no la presionara—. Pero eso no implica que voy a sentirme contento si se te cruza por la cabeza acostarte con otro —dijo con un tono que no dejaba lugar a réplicas. Un tono posesivo que incluso a él mismo lo sorprendió.

Ella lo sorprendió con una risa.

—Xander, ¿crees que soy esa clase de mujer? Después de lo que te he contado sobre mi fallido matrimonio y el tiempo que me ha tomado intentar recuperar mi autoestima en la cama, ¿cómo voy a intentar estar con otro si eres tú al que deseo? A menos que seas tú quien espere acostarse con otras…

Él la silenció con un beso.

La risa que tenía C.J. atorada en la garganta pronto se

convirtió en un gemido. Se enzarzaron en un juego de besos y caricias. Xander deslizó un dedo hacia abajo, tocándole los pechos, el vientre hasta llegar el vértice que unía los muslos de Cassandra. Introdujo un dedo en ella, penetrando su humedad. Ella se arqueó contra su mano. Xander no esperó, estaba preparada, se inclinó hacia un lado y tomó un condón del cajón de noche. Se lo colocó antes de abrirse paso en el cuerpo de Cassandra.

Ella lo recibió con un suspiro de placer, mientras lo besaba, le acariciaba la espalda y clavaba sus uñas en las nalgas duras, incitándola a continuar bombeando dentro de ella. Él no la defraudó. Fue un encuentro rápido esta vez. Voraz y ávido. Pronto ambos estuvieron volando a la cúspide del éxtasis.

El retorno fue plácido. Él no dejó de darle besos suaves en los labios, mientras acariciaba perezosamente los pechos de Cassandra. Ella abrió los ojos, somnolienta, y le sonrió.

—Creo que eso responde bastante bien al hecho de que pueda yo querer acostarme con otra mujer.

Ella sonrió y le hizo un guiño. Le acarició el brazo.

—Supongo que tendremos que esperar un poco para que pueda recuperar e ir de compras.

Xander le acarició la mejilla.

—Si esperas demasiado es probable que no te deje salir de esta cama en lo que queda del fin de semana —murmuró contra los labios henchidos de C.J. Luego se giró y le dio un azote suave en el trasero—. Ve a arreglarte entonces. Yo iré por un vaso de agua. ¿Deseas algo de tomar?

Ella se sonrojó al verlo totalmente desnudo. Muy cómodo con su piel, sin duda. Era una bobería sonrojarse, pero no pudo evitarlo. No podía creerse que ese hombre tan sexy y viril la deseara tanto. Estaba pletórica.

—Si tienes una gaseosa te lo agradeceré…

La mirada lujuriosa de Xander le dijo que si no se vestía pronto, él cumpliría su amenaza de tenerla en la cama el resto del fin de semana. Aunque la idea le gustaba, y mucho, lo cierto es que tenía que comprarle el obsequio a su madre, porque tenía por delante una semana muy ajetreada y lo que menos quería era comprar cualquier cosa para ella.

—Gaseosa para la señorita entonces —repuso antes de salir de la habitación.

Con una sonrisa boba, Cassandra fue al baño. Se dio un baño rápido y empezó a vestirse.

**

Los días habían pasado bastante rápido a decir de Cassandra. Tórridos y divertidos días. Eso, sin duda. Xander había redimensionado todo lo que tenía que ver con su concepto pretérito de sensualidad. Aunque ninguno de los dos mencionaba el tipo de relación que llevaban, él la invitaba a cenar cada día, y a dar paseos por la ciudad.

Siempre había espectáculos y conciertos a los cuales asistir. Se encontraron compartiendo el mismo tipo de gustos musicales. Asistieron al teatro e inclusive hicieron picnic aprovechando el buen clima. Cassandra encontró en Xander no solo un amante experimentado, sino un hombre con una conversación estimulante. Y si además le agregaba que era guapísimo, pues tenía el pastel completo.

Aunque bien sabía ella que lo bueno duraba poco. No obstante, pensaba quitarse de la cabeza los fantasmas que intentaban invadirla. Por otra parte, le dio gusto saber que algunos de los más cercanos amigos de Charles, le habían pedido a Xander que echara un vistazo a sus oficinas para trabajar en ellas en su mejora de readecuación de espacios. Xander era talentoso y su equipo de trabajo muy eficiente.

Ella ya no tenía el peso de llevar las gestiones en representación de su padre, pues en la mañana él se reincorporó luego de un maravilloso viaje de aniversario con su madre, Giselle. Así que podía relajarse un poco más, y organizar mejor su tiempo para darle un espacio menos reñido a Xander.

Su padre flipó con la nueva oficina en cuando abrió la

puerta.

—Papá, este es Xander Zhurov. Un arquitecto que como ves —señaló la sala renovada— ha hecho un excelente trabajo. —Miró a Xander—. Él es mi padre, Cyrus Bostworth.

—Encantado de conocerlo —dijo con una sonrisa afable—. Y aunque Cassandra diga que es un trabajo mío, lo cierto es que se trata de un trabajo en equipo. Es importante en mi compañía que todos se lleven el crédito que merecen.

—Ah, un empresario consciente de su plantilla. —Miró cada detalle alrededor—. Vaya, jamás pensé que pudiera verse tan espaciosa esta sala.

—Los especialistas en decoración de interiores tienen una visión muy clara de lo que el cliente podría esperar. Con los planos que nosotros como arquitectos montamos procuramos tener un buen trabajo en conjunto.

—Reconoces el trabajo de otros.

Xander asintió.

—Ser justo es preciso —acotó—. Al final somos quienes somos también gracias al trabajo de nuestros empleados.

—Exactamente. Comparto tu filosofía, muchacho.

A Cassandra le gustó que su padre entablara una charla. No precisamente del trabajo, sino de fútbol americano. Ella no era aficionada al juego, aunque lo entendía, pero se rio un rato con el modo fiero en que su padre defendía a los New England Patriots y Xander al equipo local, los Tennessee Titans.

—Ya que has participado de una u otra forma en esta sorpresa que me ha preparado mi hija —dijo rodeando a C.J. de los hombros—, ¿por qué no vienes a mi fiesta de aniversario mañana en la noche?

C.J. se tensó. No quería mezclar las cosas. Y su mirada asustada no pasó desapercibida a Xander. Este se cruzó de brazos, un gesto que acentuaba sus fuertes bíceps y causaba en ella un cosquilleo. En ropa de trabajo era una fantasía, pero en ropa formal, esa chaqueta, le daba un aire de más autoridad. Era guapo que cortaba el hipo, pensó ella, mirándolo embobada. Él le hizo un guiño como si se hubiese dado cuenta que, detrás de esa mirada asustada había otra de deseo.

Xander podía entender las reticencias de Cassandra. Entendía que no quisiera involucrarse emocionalmente luego de su mala experiencia. La apertura física que ella tenía con él era un paso gigante, y él se sentía afortunado de tenerla entre sus brazos y disfrutar de su cuerpo sensual y delicado.

Para bien o para mal, lo cierto era que se encontraba disfrutando de un affaire que no quería que terminase. No se hostigaba de ella, al contrario, siempre quería más de C.J. No sabía a dónde lo llevaba eso, pues no estaba enamorado. Quizá con el tiempo podría descubrir de qué se trataba.

Y aunque su vínculo con C.J. había empezado como una aventura romántica se sentía confundido con sus emociones.

—No hace falta, señor, solo es mi trabajo. Le agradezco la oferta, pero mi hermana y mi sobrina llegan hoy de Texas y debo pasar por ellas al aeropuerto. Mañana supongo que querrán pasear un poco aprovechando que es domingo.

—Pues invítalas también, chico, porque es una fiesta de campo al aire libre con música —expresó con tono bonachón —, anda. ¿A que sí, Cassy, cariño?

Ella no quería explicarle a su padre los motivos por los cuales no se sentía cómoda invitando a Xander. Porque ni siquiera ella misma los entendía. Solo tenía claro que no quería generar ningún tipo de presión, pero su padre era muy perceptivo con ella. Prefirió seguirle la corriente. Si estaba la familia de Xander, entonces él no tendría tiempo de intentar besarla o tocarla, lo cual era una lástima, pero resultaba seguro para no dar pie a habladurías en la reunión.

—Por supuesto, Xander, nos encantará conocer a tu familia. Estoy segura de que van a pasársela muy bien —dijo con una sonrisa. Él tenía los ojos más bonitos. Unas pestañas que deberían ser de ella. Eran largas y tupidas. Con solo verlo se le agitaba el corazón. Tragó en seco conteniendo sus impulsos de deslizar los dedos por el suave cabello de Xander. Era una boba. ¡Estaba su padre a su lado, por favor!

—Vale, gracias —repuso él—. Ahí estaremos.

—Me despido que tengo que atender unas reuniones. Gracias, pequeña mía —le dijo a Cassandra besándole las mejillas a su hija. Luego, miró a Xander y estiró la mano—: Gracias por tu trabajo, muchacho. —Xander estrechó la mano gruesa del dueño del imperio Bostworth.

Ambos salieron de la oficina, y se dirigieron a la de Cassandra.

Cerraron la puerta detrás.

—¿Qué sucede, Cassandra? —preguntó tomándola de la mano. Ella estaba ya acostumbrada a que él no la llamase C.J., algo que, por supuesto, su metomentodo asistente no había pasado por alto—. Si no deseas que vaya el domingo a casa de tus padres, no pasa nada. Lo entiendo. Solo dímelo, y ya está.

—No quiero complicar las cosas, Xander.

—¿Y de qué manera las complicaría?

C.J. estiró la mano y le acarició el cabello como había querido hacer momentos antes.

—Que te sientas presionado a ponerle nombre a la relación o una etiqueta.

—¿Y si yo quisiera ponérsela? ¿Me dejarías?

Ella tembló ligeramente.

—No estoy lista para ello. No sé lo que siento.

Y fue entonces, en ese preciso instante de duda que la verdad golpeó a Xander como un mazo con espigas de metal. La dolorosa verdad que esas dos semanas siendo amantes había intentado ignorar. «Estás enamorado de ella», le dijo una vocecita en la cabeza. Y era cierto. Completamente. Necesitaba asimilarlo.

Él permaneció un largo rato en silencio, mirándola fijamente, y C.J. pudo admirar el modo en que esos preciosos ojos iban cambiando de intensidad. ¿Qué se le estaría pasando por la mente?, pensó ella. Suspiró.

—Xander, no me mal interpretes —acotó.

—No, no lo hago. Entiendo que has sufrido y que no estás lista, pero, ¿qué te parece si le damos una oportunidad a lo que tenemos?

—¿Y qué es exactamente eso? —preguntó en un susurro.

—Descubrámoslo juntos. Esa es mi propuesta —dijo. La idea de asustarla y perderla no cabía en su sistema. Así que se guardaría lo que sentía por Cassandra hasta que creyera que era el momento oportuno. Hasta que tuviera una ligera esperanza de creer que quizá ella pudiera corresponderle—. Puedo seguir siendo tu amante secreto. —Al menos durante un tiempo, pensó él. No iba a tolerar quedarse a la sombra por los miedos de C.J., pero podía esperar hasta que ella se sintiera lista—. ¿Qué opinas?

Pensó que iba a sentir miedo o pánico. Que tendría ganas de alejarse. Nada de eso ocurrió en Cassandra. A pesar de que salían juntos, jamás lo hacían con amigos en común. Serena no sabía nada de lo que ocurría entre ambos. Entendía que Xander era un hombre adulto, como ella, y que tener la relación en secreto, fuera cual fuese la naturaleza de esta, era un asunto algo inmaduro. Sin embargo, agradecía que él lo comprendiese. ¿Por qué no habría ella de considerar su propuesta?

Le sonrió con dulzura.

—Me parece muy bien.

Él le devolvió la sonrisa, aliviado. Bajó la cabeza y rozó los labios con los de C.J. Ella le rodeó la cintura con sus brazos y entreabrió los lazos. Xander profundizó el beso y se fundieron en un apasionado interludio.

—Debo irme. Tengo un cliente en cuarenta minutos —dijo él contra la boca de Cassandra. Antes de separarse de ella, le mordió el labio inferior con una promesa de que pronto continuarían.

—¿Cuánto tiempo se quedará tu familia? —preguntó ella, cuando Xander tenía la mano sobre el pomo de la puerta.

—Cinco días.

—Vale… —susurró. Eso implicaba que no podría estar con él ese tiempo.

Como si le leyera la mente, él acotó:

—Ni siquiera pienses que no voy a encontrar el modo de hacer el amor contigo. En cualquier sitio buscaré la manera de hacerte saber cuánto te deseo. —Ella se sonrojó. Algo que Xander adoraba—. Es una promesa —dijo antes de abrir la puerta y salir.

CAPÍTULO 11

Le encantó tener a su hermana en casa. Aunque Annika era como un torbellino alrededor. Lo mejor de todo era su sobrina. Adoraba a Sasha. Era un pequeño Einstein. Leía de todo, podía hablar con cualquier adulto y a veces tenía unas maneras de responder bastante filosóficas y peculiares. Si su madre viviera hubiese dicho que su única nieta era un alma vieja.

Su hermana compartía con él el cabello oscuro ligeramente ondulado. Los ojos de ella eran celestes, cuando los suyos eran indefinibles a ratos. Era más bajita que él. Sasha era una miniatura de Annika, salvo por los ojos verdes, herencia de su padre texano. Un buen tipo.

—¿Dónde vamos tío, Xander? —preguntó, cuando Annika terminaba de hacerle el lazo en la parte trasera del vestido rojo con blanco de lunares. Llevaba unas sandalias negras preciosas y una trenza francesa.

—Una fiesta de cumpleaños. Tienes que portarte muy bien, porque son personas con las que tu tío trabaja —dijo Annika poniéndose de pie. Estaba ataviada con un vestido azul veraniego que le sentaba muy bien. Llevaba unas sandalias de plataforma muy simpáticas, y el cabello suelto hasta la media espalda. Siempre le había gustado llevarlo largo, algo de lo que Xander se había aprovechado cuando eran pequeños y peleaban; Annika siempre llevaba desventaja pues él le halaba de los cabellos con saña—. ¿De acuerdo, cariño?

—Claro, ¿cuándo me he portado mal?

Annika sonrió.

—Todavía no recuerdo una escena memorable y espero que hoy no sea la primera, jovencita.

—Hay algo que quiero decirles —anunció Xander desde el umbral de la puerta de la habitación en la que estaban durmiendo ellas. Ambas lo miraron expectantes—. Hoy van a conocer a C.J. Bostworth, su nombre es Cassandra, pero prefiere que la llamen C.J. Es la hija del dueño de uno de los conglomerados más importantes de Tennessee, es decir, del homenajeado y su esposa. Cyrus y Giselle.

—¿Y? —lo animó Annika, aunque por el brillo en los ojos de su hermano y por el simple hecho de hablarle sobre una chica, ya intuía lo que iba después.

—Estoy saliendo con ella.

—¿Es tu novia? —preguntó Sasha con los ojitos abiertos de par en par.

Xander rio.

—Ella será la mujer con la que voy a casarme —confesó. No había planeado decirlo en voz alta. Creía que acababa de darle voz a una parte de su cerebro a la que no había escuchado. Y sintió que lo que acababa de decir era cierto. Nada deseaba más que convertir a Cassandra en su esposa y pasar la vida su lado.

—¡Guau! Esta vez vas en serio, ¿eh, hermanito? —dijo Annika con sorpresa—. Entonces, ¿ya ha aceptado? ¿Cómo se lo propusiste?

Él sonrió.

—Aún no sabe que va a casarse conmigo, pero muy pronto se dará cuenta de que no tiene otra salida. —Primero tendría que trabajar en hacerla consciente de que también estaba enamorada de él. Segundo, tendría que asegurarle de que él no era ni sería como el imbécil de Noah. Tercero, le confesaría que la amaba. Sí. Más allá de estar enamorado, amaba a esa mujer, porque era la primera vez que una mujer se metía dentro de su piel. Era completamente sorpresivo, porque la conocía hacía poco más de un mes, pero, ¿quién podría dar explicaciones lógicas al amor? —. Así que quiero que te comportes decentemente.

Annika le sacó la lengua.

—Mmm… Me gusta esta chica, y sin conocerla. Me basta con saber que al parecer es ella la que no está segura de querer una relación en firme contigo.

—Algo así… —se encogió de hombros. Tampoco iba a contarle la historia de su vida a Annika—. Ha tenido ciertos problemas con los hombres en el pasado. Así que nuestra relación no es pública.

—¡Fiuuu! Tienes treinta y ocho años y estás jugando a los novios en secreto —dijo riéndose—. No puedo creer que lo hayas aceptado.

—Es lo que tiene estar enamorado.

Ella le hizo un gesto con la mano, para desmerecer esas palabras.

—Más que eso, te tiene bien agarrado de los…

Sasha intervino antes de que su madre terminara la frase, y tironeó de la mano de su tío.

—Mamá, ¿no entiendes? —preguntó con inocencia.

Sasha frunció el ceño, y Xander solo sonrió. Su hermana a veces olvidaba que tenía una hija pequeña, pues la niña era bastante madura para su edad.

—¿El qué?

—El tío Xander nos está contando sobre C.J., para que tú no vayas a meter la pata preguntando si es su novia frente a ella por la forma en que seguro la mirará. Y para que no hagas comentarios que lo haga sentir vergüenza.

—Yo no hago tal cosa, Sasha. Soy tu madre. No me hables de ese modo —dijo fingiendo sentirse ofendida. Adoraba a su hija y se sentía orgullosa de que fuera tan lista e independiente.

—Papá dice que eres una cotilla, pero que igual te ama.

Eso hizo que Annika pusiera una mirada soñadora.

—Ojalá hubiera podido venir…

—Vámonos que a este paso me van a sacar de quicio las dos —expresó Xander en broma, haciéndole un guiño de agradecimiento a Sasha por haber hecho callar a su madre—. Por cierto, C.J. tiene una sobrinita de tu misma edad, Sasha. Se llama Yessa. Le gustan las barbies. Quizá puedas enseñarle a tomarle el gusto a un rompecabezas.

—¡Seguro, tío! —exclamó bajando las escaleras con su madre y su tío detrás.

***

Sí, estaba nerviosa como una chica esperando a su primer novio. De acuerdo. Xander no era su novio. Era su amante. La confundía la sola idea de no poder definir la relación. ¿Qué sentía por él? ¿Solo lujuria…? Estaba agobiada, porque cada que lo tenía cerca su corazón se le expandía en el pecho y no deseaba nada más que sentir sus brazos rodeándola. ¿Era eso amor? ¿Solo atracción? No quería equivocarse de nuevo.

Para ese día había elegido una falda morada ajustada, unos centímetros más arriba de la rodilla. Una blusa blanca y zapatos a juego. Un atuendo que favorecía su figura. No le gustaban los complementos, pero sí un par de aretes de brillantes, sencillo. Las uñas perfectamente arregladas tanto de las manos como de los pies. Color lila. Así combinaba con su atuendo.

Llevaba el cabello suelto. El día estaba soleado, pero fresco. Así que la temperatura no iba a afectar la velada. Había viento. Suponía que la naturaleza sería benevolente para una pareja que cumpliría cincuenta años de casados.

Esa mañana había ido temprano a casa de sus padres. Era una preciosa casa señorial con amplios jardines, tanto delante como detrás. Una cancha de tenis y una fabulosa piscina. No como la pequeña que ella tenía en casa. No.

Era el sitio en donde se había criado. Jugado. Llorado sus primeras penas de amor y reído con su primer beso. Adoraba esa casa. Pero antes de que se iniciara la reunión ella había decidido hablar con su padre.

Tocó la puerta de la habitación. Su madre le pidió que pasara. Giselle Bostworth era una mujer que a su edad conservaba una belleza sin igual y un porte aristocrático que C.J. nunca había podido imitar. El tema de la moda y el estilo le había tomado su tiempo aprender.

—¿Está papá? Lo he ido a buscar a su estudio, pero no había nadie.

Giselle, con su cabello rubio, la tomó de la mano y le pidió que se sentara con ella sobre la cama. C.J. lo hizo.

—Puedes hablar conmigo. Tu padre está en el patio, porque llegó Noah. Al parecer este miércoles vence el contrato con nuestra compañía, y él quiere asegurarse de renovarlo.

Eso le envió un líquido ácido en el estómago. Apretó los dientes.

—¿Quién quiere asegurarse de eso, mi padre o Noah?

—Noah, por supuesto. —Le palmeó la mano con cariño—. Ya sabes que los hombres de negocios buscan a tu padre, no al contrario —aclaró con un tono de orgullo en su voz. Cuando se había casado con Cyrus, su suegro jamás les puso la vida fácil, principalmente porque quería que su hijo mayor entendiera lo que el sacrificio implicaba. Así que, por el bien de su matrimonio, Giselle se había involucrado concienzudamente en el manejo de la compañía. Sacaron adelante la empresa, la expandieron, y ahora, disfrutaban los beneficios. Ella estaba retirada del negocio y prefería hacer vida social, al menos desde que sus tres hijos fueron lo suficientemente grandes para tomar sus propios caminos, con o sin familia, como era este último el caso de Cassandra—. Así que, cuéntame, cariño.

—Mamá… —tomó una respiración profunda—, no quiero que mi padre haga negocios nuevamente con la empresa de Noah. No quiero que renueve ese contrato por más tiempo. Podemos encontrar tranquilamente otra división comercial que reemplace a los autos de lujo por algo más funcional.

Giselle frunció el ceño. Llevaba un vestido floreado y un collar de perlas.

—¿Qué es lo que no me estás contando, Cassy?

—No quiero volver a ver a Noah. No quiero que esté involucrado en nada que tenga que ver con mi familia. Ya fue bastante difícil el divorcio.

—Creo que podrías darme una explicación coherente. Al final, nunca nos contaste a tu padre ni a mí los motivos de tu divorcio. Sabes que no nos gusta meternos en los asuntos personales de ustedes, que lo respetamos, pero como madre sé que no fuiste feliz —dijo con dulzura—. ¿Qué sucedió, cariño?

—Él se casó conmigo solo por interés. Por los contactos de mi padre. Mamá… Noah es homosexual. Y no lo acepta. Me humilló muchas veces. Fue él quien esparció rumores sobre mi sexualidad, cuando es él quien tiene problemas en aceptar la suya.

Giselle la miró, consternada.

—Debiste decírmelo, Cassy. Debiste decírmelo.

C.J. asintió con firmeza.

—No me sentía lo suficientemente fuerte para hacerlo. No quería involucrar a papá en mis malas decisiones y por eso no dije nada… no quería…

Giselle se puso de pie. Furiosa.

—¿Cómo se te ocurre, Cassy? ¡¿Cómo?! Somos tus padres, y cuando las cosas personales involucran a nuestros hijos deja de importarnos la cuantía de la cartera de ingresos o las posibles transacciones comerciales. Tú, Charles y Linux son lo más importante para nosotros. Y si ustedes están de por medio, siempre vamos a preferirlos a ustedes antes que un margen de ganancia o crecimiento.

—Lo siento…

—No tienes por qué, ven aquí hija —le pidió abriéndole los brazos. Ella se acercó y se fundió en un abrazo cálido y firme—. Arreglaremos las cosas con tu padre. Tienes que hablar con él —dijo a su hija.

—No quiero arruinarle el día.

—Trata de que sea antes del miércoles. Me ha dicho que tiene junta el martes con los jefes de división para tratar varios temas, se unirán tus hermanos para el asunto de renovación de contratos de asociación comercial.

C.J. asintió, y rompió el abrazo.

—Mamá, ¿cómo sé si estoy enamorada de alguien? Pensé estarlo de Noah y mira nada más qué gran error.

—¿Por qué te casaste con Noah?

—Creía que estaba enamorada y que era lo correcto. Lo más natural.

—¿Lo correcto siempre es amor?

—No confío en mi juicio, así que no lo sé…

—A veces, lo que parece menos convencional es lo más adecuado. Otras veces, no. En el amor no existe ciencia que determine los resultados ni las causales, sin embargo, las madres podemos decir un consejo. El hombre del que estés enamorada, y el hombre al que ames, hará que cada vez que estés cerca tu corazón se sienta protegido y tú experimentes una sensación de paz.

Cassandra suspiró.

—Temo equivocarme.

—Es algo con lo que tenemos que vivir, pero no por eso dejaremos de amar. Solo confía en tus instintos, Cassy.

—Lo haré.

—Lo cierto es que nunca me gustó Noah, pero siempre me ha gustado respetar las decisiones de mis hijos. Siento no haberte disuadido de casarte con él.

C.J. le dedicó una sonrisa triste.

—Probablemente me hubiese empeñado aún más en casarme con él.

Giselle rio.

—Sí, pero ahora eres más madura y más fuerte.

—Es lo que hacen las experiencias amargas. ¿Verdad? —Giselle asintió—. Hablaré con papá más tarde. Gracias por escucharme. Te quiero, mamá —dijo dándole un beso en la mejilla. Luego se encaminó a la puerta.

—Ah, y Cassy…

—¿Sí?

—Quiero conocer a ese hombre sobre quien no estás segura de lo que sientes —dijo haciendo un guiño que le arrancó una sonrisa a Cassandra.

***

El servicio de catering era uno de los mejores de la ciudad. Y a pesar de que el matrimonio Bostworth tenía muchas amistades, la lista a la fiesta de aniversario se había reducido a doscientas. A C.J. continuaba pareciéndole demasiadas personas, pero era la fiesta de sus padres y no tenía voto.

Serena y Martin estaban invitados. Después de todo eran amigos desde hacía muchísimos años, en especial Serena. Esta se mostró más que contenta cuando C.J. le comentó que Xander estaría en el almuerzo. No faltaron las preguntas típicas de una abogada como si estuviera en el banquillo de los acusados. Ella no se sentía capaz de continuar guardando el secreto, y además Serena era su mejor amiga.

—¿Y cómo así te animaste a invitarlo?

C.J. rio, mientras bebía una Margarita.

—Yo no lo invité, lo hizo mi padre. Quedó fascinado con su nueva oficina. Así que fue una invitación espontánea. Vendrá la hermana de Xander con la hijita.

—Vaya, esto de conocer las familias mutuas es algo importante. ¿Me vas a decir si es mejor que Andy?

—Shhh, cállate —le dijo conteniendo una carcajada—. Ya te dije que él y yo no tenemos una relación como la que piensas.

—Claro, solo se dedican a tener sexo como conejitos en invierno. Y cuando les place salen de paseo, se miran embobados y además, él conocerá a tus padres, y tú a su única hermana. Sí, seguro, solo se dedican a tener sexo.

—Eres ridícula —contesto antes de beber un poco de su

copa—. No le he dicho a nadie sobre Xander. Así que espero que mantengas la boca cerrada.

Serena vio con el rabillo del ojo que Martin conversaba amenamente con una rubia que a ella le caía mal. Bárbara. La muy zorra había intentado acostarse con él, pero Martin, su adorado esposo, la mandó con viento fresco. No entendía cómo tenía él ánimos de entablar una charla con la mujer esa. Ufff.

—¿Y eso por qué? Ya te dije que si no estuviera loca por…
—se encogió de hombros—. Ya sabe lo que sigue, mejor explícame.

—No sé lo que él siente por mí. Y yo no quiero volver a equivocarme como ocurrió con Noah.

—Ah, pero es porque Noah es un bastardo. Aunque no he podido interactuar mucho con tu bomboncito…

—No es mí bomboncito nada.

—…pues me parece un hombre muy simpático. Independiente. Y no necesita de tu prestigio social para sacar su negocio adelante. Además, tiene treinta y ocho años y ha aceptado ser tu sucio secretito en honor a tu pasado con el imbécil de tu exesposo. Vamos, Cassy, si él ni siquiera pensaba venir y lo hará por tu padre, traerá a lo más importante en su vida que debe ser su única hermana y su sobrina, entonces, ¿qué te dice eso?

—No sé…

—Pues te dejo con la incógnita querida, porque hoy estás muy lenta —dijo con una sonrisa. Se incorporó—. Voy con Martin. A esas zorras a veces hay que ponerles los puntos sobre las íes con la simple presencia.

—Eres terrible.

—No, Cassy, solo me gusta tener un frente común —expresó antes de elevar un copa para un brindis silencioso. Luego se acercó a Martin, quien la recibió con un beso que no parecía en absoluto el de un esposo, sino el de un amante el primer día de haberse acostado juntos.

Cassandra estaba dispuesta a pasar bien la velada. Sus hermanos ya habían llegado y le encantó verlos juntos. A pesar de que le habían hecho la vida imposible cuando era una pequeñaja, al crecer fueron muy protectores con ella y crearon un lazo muy fuerte. Entre ellos el dinero no era importante, sino la armonía. Ninguno de los dos sabía el tema de Noah, porque estaba convencida de que su exesposo terminaría con los huesos rotos. Y aunque una parte de sí lo deseaba aturullado, no creía necesario rebajar a sus hermanos a la posición de golpearlo.

Si algo tenía que agradecerle a Xander era el haber traído pasión y confianza a su vida. Solo quería esperar un poco más hasta que sus emociones se aclararan. Porque lo último que querría sería lastimarse a sí misma con una decisión errónea.

***

Xander estaba acostumbrado a todo tipo de eventos, pero no por ello dejó de sorprenderlo la casa de los Bostworth. Casi triplicaba en tamaño la suya. El jardín trasero estaba bellamente decorado. Los invitados estaban elegantes en sus vestidos y trajes de verano. Él había optado por unos pantalones color beige, una camisa azul y unos zapatos de la casa británica Barker Black.

Su hermana iba a su lado, al igual que Sasha. En medio de tantas personas, él intentaba encontrar a C.J.

—Vaya, hermanito, esta sí que es una fiesta de aniversario —susurró Annika contemplando alrededor. Estaba en un pasillo de la casa que daba directamente al jardín trasero. Había una persona encargada de guiarlos, pero como Sasha quiso ir al lavabo, entonces se retrasaron y ahora esperaban a que la dichosa persona volviera a aparecer—. La casa es preciosa. Imagino que ya estarás pensando como arquitecto e intentando crearte un diseño mejor, ¿eh?

Xander se rio. Su hermana lo conocía al dedillo.

—Tienen mucho dinero. Son los dueños de Bostworth Luxury, tu tienda departamental preferida.

—Ufff, espero que tu novia no sea tan estirada.

Xander la fulminó con la mirada.

—Más te vale mantener esa boca cerrada, Annika. Ya te lo dije. Es un secreto. Y no, Cassandra es todo menos estirada.

—¡Tío, tío! —exclamó Sasha tomándolo de la mano—. La chica que está allá te está haciendo de la mano. Parece que viene hacia acá —dijo señalando con el dedo a Cassandra.

Xander se giró y se quedó sin aliento. Cassandra estaba guapísima. Nunca se cansaba de verla. El corazón se le salía del pecho por las ganas de tomarla en sus brazos y besarla hasta hacerle perder la conciencia. Odió en ese momento no poder ser libre de hacerlo.

Ella se acercó y le dio un abrazo, algo que cualquier amigo haría, pero Xander no pudo evitar acariciarle la espalda con suavidad. Les presentó a su hermana y su sobrina. Charlaron un rato, hasta que apareció Serena.

—Hey, mira quién ha venido —dijo la amiga de C.J—. Qué gusto verte de nuevo Xander. Te presento a mi esposo, Martin.

Luego de charlar un poco, Serena se ofreció a darles un recorrido por la fiesta y a presentarle a Sasha las sobrinas de Cassandra.

—No hace falta —intervino C.J. —, tú eres una invitada, Serena. Ya me encargaré yo de eso, gracias.

—De eso nada, querida. Venga, vamos Annika y Sasha. — Martin se encogió de hombros dedicándole una mirada de disculpa a C.J., como diciéndole que sabía que su mujer se traía algo entre manos.

C.J. y Xander se quedaron solos en el corredor que daba acceso al jardín. Los invitados habían llegado en su totalidad, así que las personas que ululaban en los alrededores eran parte del servicio doméstico.

Cuidándose de que no los viera nadie, Cassandra estiró la mano y acarició la mejilla de Xander. Él giró el rostro y besó el interior de su muñeca.

—Estás hermosa, cariño —le dijo.

—Gracias —murmuró, sonrojándose. Él se rio. ¿Guapo?

No, lo siguiente. No podría decir un adjetivo que describiese lo que Xander le hacía a sus sentidos. Tenía las emociones agitadas y solo ganas de quedarse con él, tenerlo para ella, disfrutar de su cuerpo, de sus besos…—. Tú también estás muy atractivo.

Él le hizo un guiño. Finalmente, Xander había logrado su objetivo. Entrar al círculo social de los Bostworth, recibir llamadas para trabajar con empresarios de mayor alcance para redimensionar su negocio, pero ya nada de eso tenía importancia. De hecho, si al final no concretaba más negocios o no lo recomendaban, le daba igual. Su objetivo principal era conquistar el corazón de Cassandra.

—Si es una fiesta de aniversario, los que están ahora afinando instrumentos son un grupo musical en vivo. Así que, una vez que tus padres abran el baile —estiró la mano—, ¿me concederás el honor de bailar contigo?

Ella se mordió el labio y lo miró a los ojos.

—Me encantaría…

CAPÍTULO 12

—¿Qué has hecho, maldita zorra?

C.J. se quedó boquiabierta.

Noah la miraba con odio desde la acera. Ella estaba en el umbral de la puerta lista para ir a la oficina. Era martes. El día en que su padre y sus hermanos tendrían consejo directivo. Durante la fiesta de aniversario no había podido hablar con Cyrus sobre Noah, así que intentaba llegar un poco antes para intentar hacerlo.

—Noah, ¿qué te pasa? —preguntó, asustada. No solo de verlo en las inmediaciones de su casa, sino por el insulto que acababa de lanzarle. Estaba despeinado, como si se hubiese pasado las manos por el cabello demasiadas veces.

Él avanzó con rabia. La tomó con fuerza del brazo, haciéndole daño.

—¿Qué me pasa? —La zarandeó—. Tu padre no va a renovar el contrato con mi empresa.

—¿Qué dices…? —preguntó con el ceño fruncido. El domingo su padre estuvo hablando con Noah, lo recordaba perfectamente. Cyrus jamás le había hecho comentarios sobre la renovación de ese contrato… ni de ningún otro, pues esa no era la competencia corporativa que le tocaba a ella.

—No te hagas la imbécil, porque no te queda.

Ella tragó en seco. Sintió pánico.

—Noah, me estás lastimando.

—¿Ah, sí? —Le apretó más el brazo. Ella lanzó un grito de dolor. Noah era fuerte y sus manos parecían tenazas—. Pues me alegro, porque acabas de marcar tu sentencia del día. Abre la puerta.

—Noah…, por favor, suéltame. Estoy segura de que es un mal entendido.

—A-b-r-e la puerta.

Asustada, ella obedeció.

Ese día los empleados de Xander no irían a la casa, porque el trabajo del patio estaba terminado. Faltaba la biblioteca interior, y para eso necesitaban varios materiales. Xander le dijo que estaría al caer la tarde en su casa para revisar un par de detalles. Nunca deseó tanto que él estuviera a su lado en ese momento.

Jamás había visto a Noah perder el control.

La bolsa de C.J. cayó al suelo. Y Noah la lanzó a ella con fuerza contra el mueble. C.J. recogió las piernas y se las abrazó con las manos. Lo miró con una calma que no sentía. Tenía el corazón agitado y la respiración inquieta.

—¿De qué me acusas?

Él la señaló con el dedo. C.J. quería desesperadamente ir por su móvil. No podía hacerlo. Sabía que tenía que encontrar el modo de alejarse de Noah.

—Tu padre me dijo que no pensaba renovar el contrato conmigo, porque he sido una persona poco leal. Algo que, por supuesto, no es cierto. ¿De quién si no, habrían venido las quejas? ¿Acaso no fuiste tú quien amenazaste que pronto caducaría mi contrato?

—Yo no he hablado con mi padre… lo prometo, Noah.

—No estaba mintiendo. Era cierto.

La mano de Noah le llegó como una ráfaga violenta golpeándola de lleno en la mejilla derecha. Era la primera vez que él se ponía en un plan de abuso físico. Instintivamente se llevó la mano a la mejilla. Asombrada, dolida, asustada.

—Mentirosa. ¡Eres una perra mentirosa! Quiero que llames en este mismo instante a Cyrus y le digas todos los beneficios de renovar el contrato. ¿Te queda claro? Si no lo consigues, lo juro Cassandra que vas a arrepentirte.

Él le lanzó el teléfono. C.J. lo agarró prácticamente antes de que impactara contra su cara.

—Yo… de acuerdo… lo llamaré… —susurró. Menos mal tenía guardado el número privado como favorito en la memoria del teléfono de su casa. No creía posible poder recordar.

Noah empezó a caminar de un lado a otro.

—No vas a arruinar mi reputación. ¿Lo entiendes?

Ella asintió. Y sintió un alivio inmenso cuando su padre respondió.

—Hola, papá.

—Tesoro, ¿qué ocurre? Te estamos esperando para que nos entregues ese documento faltante que te pedí anoche…

—Papá, mañana vence el contrato con la empresa de Noah. Creo que sería importante que consideres renovarlo. Han sido unos años prolíficos y con excelentes perspectivas para el futuro.

Noah la miraba intensamente.

—¿Cassandra? —preguntó su padre con un tono dudoso.

—Así es papá, me alegro mucho que consideres conveniente renovarlo.

—Está pasando algo raro. ¿Está Noah contigo?

—Claro, así es. Por cierto, creo que podrías incorporar a la plantilla a ese arquitecto que conociste, no recuerdo su nombre.

Cyrus apretó la mano contra el teléfono. Odiaba saber que su hija podía estar en una situación incómoda.

—¿Estás en la casa, hija?

—Sí.

—¿Quieres que le diga a Xander Zhurov que vaya por ahí?

—Exacto. Noah es un gran empresario, solamente que ha pasado un periodo de estrés muy marcado. —Noah sonrió, calmándose—. Pero está listo con nuevas ideas para ir a la compañía con más propuestas de beneficio mutuo.

—De acuerdo, llamaré a Zhurov. ¿Estás en peligro?

—No lo creo. Hoy no podré almorzar contigo. Ahora tengo que dejarte. Te veo en la oficina dentro de poco.

—Puedo llamar a la policía si Noah te está amenazando.

—No… no. Adiós, papá. —Colgó.

Noah la miró un largo instante. Luego se acercó y se sentó a su lado. Parecía haberse calmado. O al menos eso esperaba ella.

—Siento haberte amenazado así… tengo muchos negocios que dependen de este contrato. ¿Sabes? Así que espero que tu padre hable con los abogados.

—Lo hará. Me acabas de escuchar.

—¿Sabes, C.J.? Hubiera tenido sexo contigo si no me gustaran los hombres. Pero ese es un secreto que no puedes decirle a nadie. —Se giró violentamente y le agarró el rostro con fuerza con la mano derecha—. ¿Lo entiendes?

—S…sí. Nunca se lo he dicho a nadie.

—Bien. Buena chica.

Se puso de pie. Cassandra escuchó el sonido de una moto aproximándose.

—Si tu padre no renueva mi contrato puedes tener la seguridad de que haré tu vida un infierno. Hay algunos amigos a quienes le parecías atractiva. ¿Qué pasaría si te los encuentras en un sitio impensable y ellos dan rienda suelta a su gusto, extraño por cierto, hacia ti?

—¿Me estás amenazando con enviar a un hombre para que me viole?

Noah la miró con una sonrisa cruel. Ella sintió escalofríos.

—No es una amenaza.

Con eso se ajustó el saco negro, y se encaminó a la puerta. Cuando la abrió se llevó una sorpresa. De hecho, un puñetazo en la cara. Cayó al piso, y Xander empezó a patearlo con fuerza hasta que Noah se hizo un ovillo.

Él había estado camino a la casa de C.J., pues quería

llevarla a desayunar para sorprenderla, pero recibió la llamada de Cyrus. Algo inusual. Cuando el hombre, asustado, le dijo que al parecer Noah estaba amenazando a su hija, una cólera visceral lo invadió. Aceleró la Ducati y llegó lo más pronto posible.

Al ver a ese bastardo de Caldwell abriendo la puerta de la casa de C.J., y conociendo su historial con ella, fue razón suficiente para darle una paliza. Cuando no pudo moverse, y consciente de que lo había dejado fuera de combate, vio a Cassandra abrazándose a sí misma.

Se acercó a ella y cuando notó la marca de las manos de Noah, porque no había de otra, en su mejilla, se movió para rematar a ese bastardo. Pero C.J. lo tomó con fuerza de la mano.

—Xander… abrázame… por favor…

Este, cerciorándose de que el exesposo de Cassandra no se moviera, la tomó en brazos y la puso sobre sus piernas, acunándola con dulzura.

—Shhh, ya, mi vida. Ya todo está bien. Te pondré unas bolsitas de hielo en la mejilla. ¿Sí?

Ella asintió.

—Mi pa…padre…

—Sí, cariño. Él me llamó. Cuéntame, ¿qué sucedió?

Xander, al escuchar de labios de Cassandra la amenaza de ese malnacido, y a pesar de las protestas de ella, llamó a la policía. Antes de que llegaran los uniformados, escucharon un automóvil aparcar. Segundos después llamaron a la puerta. Con Cassandra abrazada a su lado, él abrió la puerta.

Cyrus, Linus y Charles aparecieron en la puerta con cara de pocos amigos. Se fijaron en el bulto lloroso que yacía en el suelo. Luego hablaron todos al mismo tiempo ante la mirada atónita de Cassandra. Todos le decían palabras de cariño, y preguntándole qué había ocurrido. Así que volvió a relatar la historia.

Minutos después llegaron los policías. Todos se apuntaron como testigos, ante las súplicas de Noah de que era todo un mal entendido. Cyrus era un buen ciudadano y conocía al jefe de policía local. Le creerían más a él, que al infame exesposo de Cassandra. Charles, Xander y Linux le dijeron a los policías que estaban dispuestos a declarar si lo necesitaban, pero que de momento preferían que tuvieran los ojos puestos en Caldwell.

Cuando el panorama se calmó, y ella tuvo la bolsa de hielo en la mejilla, se dio cuenta de que lo que acababa de ocurrir. Al estar con Xander, y pedir por él a su padre, había hecho pública su relación ante la persona que más le importaba.

Los tres hombres de su familia estaban sentados en el sofá, frente a ella y Xander. Una posición curiosa, pensó C.J., que estaba abrazada a Xander. Este le acariciaba distraídamente el hombro.

—Gracias por haber venido tan rápido —dijo Cyrus, aclarándose la garganta.

—No tiene de qué agradecerme.

—Bien, esto es un poco incómodo… pero, ¿están ustedes dos…? —dejó Linux la pregunta al aire.

—No seas cotilla —dijo Charles dándole un codazo a su hermano. Este se encogió de hombros, pero no dejó de mirar a la pareja que tenía enfrente.

—Tienes derecho a saber que, si hubiera sido por mí, ustedes habrían sabido desde un principio que estaba saliendo con Cassandra. Ella no está segura de lo que siente, así que decidió mantenerlo en un perfil bajo… y yo lo he respetado.

C.J. suspiró sintiéndose una idiota. El aroma y la presencia de Xander le daban sosiego y alegría al mismo tiempo. Y fue en ese instante, con su padre y sus hermanos frente a ella, que estuvo segura de que amaba a Xander. Con todo su corazón. Y él no tenía temor de decir la verdad ante su familia: que era ella quien no había estado segura de la relación que tenían ambos. Era sincero, y eso la conmovía.

—Mmm… —dijo Linux frotándose la barba perfectamente acicalada.

—No tiene sentido que lo esconda más… —dijo Cassandra mirando a su familia—. Ya saben que él es con el que salgo. —Miró a Xander a los ojos—: él es el hombre al que amo.

Xander la miró con los ojos abiertos de par en par ante esa declaración. Estaba sonrojada y él solo podía pensar en besarla y hacerle el amor en ese mismo momento hasta que susurraba su nombre.

Cyrus se aclaró la garganta.

—Bien. Nosotros ya nos vamos. —Charles y Linux lo miraron como si estuviera loco. Querían detalles—. Moviéndose, señores, que tenemos una reunión por atender dentro de cuarenta minutos. No sean metomentodos. Y dejen a su hermana tranquila. No quiero que la sometan a interrogatorios. Cuando esté lista, les contará... si es que quiere. Mientras confórmense con saber que Xander está dispuesto a protegerla.

Cassandra sonrió al ver el rostro confuso de sus hermanos.

—Papá...—dijo ella.

Él se detuvo en la puerta, cuando sus dos hermanos ya habían salido.

—Dime, princesa.

—¿Por qué decidiste no renovar el contrato?

—Porque tú tienes una madre que te adora, y un padre en el que siempre puedes apoyarte. No vuelvas a ocultarnos algo así, Cassandra Jane. Te amamos. Y nuestros hijos siempre estarán en nuestras prioridades, no los negocios. Nos ocuparemos de Noah Caldwell. No volverá a acercarse a ti. —Dicho esto, miró a Xander—: Ella es mi tesoro. Si la lastimas te las verás con todo el clan Bostworth, muchacho.

—No tiene de qué preocuparse. Cuidaré de Cassandra. —Luego, con un asentimiento de cabeza solemne ante las palabras de Xander, Cyrus, salió.

Una vez solos, Xander se giró hacia C.J. Ella tenía la mirada baja y se retorcía las manos entre sí. Él sonrió. No podía evitarlo. Estaba pletórico.

—Cariño... —susurró elevando el rostro de C.J. con delicadeza para mirarla—. ¿Es cierto lo que dijiste frente a tu familia?

—No quise poner esa presión en ti… Sé que te dije que no sabía cómo definir nuestra relación… o si acaso había alguna…o… No es porque tú no me importes, de verdad… lo que ocurre…

Xander le puso con delicadeza los dedos en los labios para que lo escuchara.

—Creo que, al contrario, me has quitado una gran incertidumbre. —Ella puso una expresión de desconcierto—. Si lo que me dijiste hace un rato es verdad, pues que sepas que eres correspondida.

—¿Lo soy…?

Él tomó las manos de C.J. entre las suyas.

—Te amo, Cassandra. Porque eres una mujer independiente, sexy, lista y haces que quiera ser un mejor hombre. Me encanta cada pequeño trocito de tu piel, cada recodo de tu cuerpo…

—Xander… —dijo. Se echó a sus brazos, permitiéndose sentir que había encontrado la pieza que le faltaba a su vida para volver a sonreír—. Tú me haces sentir especial.

—Porque lo eres, cariño. Lo eres.

Él la envolvió contra su cuerpo y la apretó con firmeza. Ella elevó el rostro y Xander descendió sobre sus labios. Las caricias de él se sentían como un bálsamo, su boca obraba magia en la suya, y cuando penetró con su lengua traviesa, ella lo recibió con un gemido que implicaba deseo y rendición.

Con cuidado y dulzura, Xander le tocó la mejilla, soltando una maldición al ver la marca roja. La besó con tanto cuidado que ella tembló.

—Te quiero —le besó el cuello—, te adoro —susurró recorriendo las curvas de sus pechos—, y jamás nadie va a volver a hacerte daño mientras yo esté a tu lado —aseveró con tono firme y suave al mismo tiempo. Deslizó las manos por la cintura y tomó a Cassandra de las nalgas, la apegó contra su pelvis, para que sintiera cuán duro estaba por ella—. Y te deseo ahora mismo.

—Y yo a ti —susurró C.J., aferrada al cuello de Xander—.

Pero tienes que ir a tus reuniones con clientes, y a mí me esperan en la oficina —dijo de mala gana.

Él la besó profundamente, tocándola, y ella devolviéndole las caricias. Estaba duro y tenía ganas de hacerle el amor, pero no podía dejar botados a sus clientes. Tampoco era un momento en que quisiera apresurarse. Esa declaración mutua merecía un momento especial. Y él pensaba dárselo a Cassandra.

—Y la insistente de mi hermana, Annika, me dijo hace unas horas que quería invitarte a cenar. Así que —acarició su nariz contra la de C.J. —, supongo que tendremos que buscar el modo de tener un momento para los dos.

—Pensé que era usted un arquitecto recursivo, señor Zhurov —dijo provocativamente, mientras le acariciaba el miembro erecto sobre la tela del pantalón—. Porque, yo no puedo dejar que se vaya con el deseo insatisfecho a atender reuniones durante todo un largo día… —utilizó sus uñas para tocarlo, y él sintió cómo su sexo vibraba contra la tela—. Y en la noche, una cena con su familia, sin poder satisfacer el deseo…mmm… no me parece justo. Después de todo hoy me ha salvado de una situación horrible.

—Cassandra…—gimió cuando ella se puso se acuclilló y le desabrochó el pantalón—. Nena, lo cierto es que… —expresó con voz entrecortada cuando ella lo tomó con su mano. Mirando su miembro con hambre y deseo—. Preferiría tomarte en brazos y…

—Shhh. Tu placer es el mío, Xander.

Él le acarició los cabellos.

—Cariño…

—Luego me compensarás —lo interrumpió antes de tomarlo con los labios. «Cristo, esa mujer era su perdición.»

CAPÍTULO 13

Cuando C.J. le demostró a Xander lo mucho que lo deseaba, y a pesar de que los teléfonos de ambos sonaban y sonaban, terminaron en la cama en una maraña de brazos y caricias. Él, por supuesto, le devolvió el placentero favor que ella le había prodigado con la boca. Tomó todo lo que el húmedo y sonrosado sexo dejaba a su merced. La besó, lamió y mordisqueó con dulzura y suavidad, alternando las caricias de su lengua con los dedos, hasta que los gemidos de Cassandra retumbaron haciéndolo sentir poderoso.

Luego hubo gemidos y besos profundos. Se amaron de un modo voraz e intenso. Xander devoraba los pechos con sus labios, y daba ligeros mordiscos a los erectos pezones rosáceos. Todo esto al tiempo que su mano volvía a atormentar aquel pasaje celestial de íntimos pliegues. Cuando ella le agarró las nalgas, presionando las uñas, y dejó escapar una súplica de deseo, Xander tomó con rapidez un condón, y antes de que C.J. pudiera quejarse de la falta de su cuerpo cubriéndola y sus caricias enloqueciéndola, él la penetró.

Cimbreó las caderas bajo la música del placer y el deseo, acogiendo la gruesa erección que la llenaba de un modo que iba más allá de lo físico. Xander se hundió la segunda vez en la carne suave y acogedora de Cassandra, con deliberada lentitud, sintiendo cómo se iba expandiendo la carne tierna ante su erótica invasión. Mientras sentía el sudor perlarle la frente, el aroma de la pasión entremezclada y el sonido de sus cuerpos golpeando para intentar llegar a la cima donde converge el alivio del deseo impetuoso, Xander pensó que jamás se había sentido completo como en ese preciso instante en que ella gritó su nombre.

La tomó de la cintura, presionando sus dedos sobre la piel, mientras sus caderas embestían con ansias. Ella arqueó el cuerpo y su sexo se contrajo en espasmos alrededor del de Xander cuando él acarició con el dedo su clítoris.

—Cassandra…—gimió antes de hundir el rostro en el cuello femenino, aspirando su adictivo aroma. Le dio pequeños besos, mientras se recuperaba y sentía las manos suaves recorriéndole con ternura la espalda.

Con un suspiro de placidez, ella se quedó de espaldas contemplando el techo. Sonrió. No solo por el gusto de lo acababa de experimentar físicamente, sino por la sensación de alivio emocional. Ya no existían cadenas ni miedos.

Él fue al baño para deshacerse del condón y regresó luego a la cama. Se sentía liviano. Satisfecho. Amado.

Se dejó ir con los ojos cerrados pensando en lo afortunado que era por el hecho de que Eric hubiera conseguido participar en la licitación con Bostworth Corporation. Le había llevado a una mujer fantástica a su camino. Quizá y podría darle una bonificación adicional.

—¿Xander?

Él abrió los ojos. Giró sobre sí mismo, y apoyando el codo en el colchón, y la mejilla sobre la palma izquierda, contempló a C.J.

—¿Sí?

Cassandra giró el rostro hacia él.

—Gracias por devolverme la confianza en mí… y por amarme.

Él sonrió. Se colocó sobre ella y frotó la nariz con la de C.J.

—Amarte es un privilegio, y saber que me amas me hace humilde. La confianza en ti misma solo necesitaba un empujoncito, no me debes más que tus besos. ¿De acuerdo?

Ella rio.

—Dices las cosas más bonitas…—murmuró acariciándole la barbilla.

—Eso es porque estoy con la mujer de mi vida —repuso besándola. Luego le dio un ligero mordisco tentador en un pecho, y al escuchar el ronroneo de C.J., supo que se tenía que levantar pronto o perdería todos los clientes de ese día—. Cariño, en la noche cenaremos donde Annika. ¿Te va bien?

Cassandra asintió.

—Me cayeron muy bien el día del aniversario de mis padres. Tu sobrina es un encanto. Yessa quedó fascinada por su personalidad. Estoy segura de que serán buenas amigas si en alguna oportunidad vuelven a verse. —Él le besó la naricilla respingona—. Después de lo que ha pasado esta mañana con Noah, dejaré que mis hermanos se encarguen de la oficina. —Se tocó la mejilla. Al ver el gesto, Xander soltó una maldición—. Hasta la noche, la marca habrá desaparecido —se apresuró a decirle.

—Yessa y Sasha serán amigas indistintamente de los caminos que tú y yo tomemos. Eso tenlo por seguro. Los niños crean lazos especiales que duran a pesar de la cercanía o la distancia de sus seres queridos.

—Es cierto…

Xander contempló el rostro de Cassandra y apretó los dientes.

—Ese imbécil no volverá a acercarse a ti.

—¿Porque tú me defenderás? —preguntó pinchándolo con una gran sonrisa.

La expresión de Xander no fue en absoluto sonriente. Al contrario. Ella frunció el ceño.

—Siempre te defenderé, Cassandra. Ahora eres mía. Y yo

protejo lo que es mío —dijo con fiera pasión antes de darle un beso a conciencia y empezar a vestirse.

Todo ese pedazo de hombre era suyo.

—Qué territorial, Xander.

—No te imaginas —repuso antes de ponerse de pie. Empezó a vestirse con movimientos rápidos y elegantes.

Cassandra se tapó con la sábana hasta el pecho. El acondicionador de aire estaba a buena temperatura y sus cuerpos estaban frescos.

—¿No preferirías darte un baño? —preguntó ella con tono sensual.

Xander dejó escapar una carcajada.

—Me gusta la idea, pero pasaré por mi casa a darme un baño y cambiarme —miró el reloj— tengo que llamar a mi asistente para que reprograme mis citas. —Revisó las llamadas perdidas—. ¡Madre mía! —rio— Tengo más de veinte llamadas de mi despacho. Será mejor que me ponga en camino.

A Cassandra le gustaba observarlo, desnudo y vestido. La fuerza que emanaba de él era hipnótica, y ella disfrutaba dejándose seducir por su embrujo.

—¿A qué hora es la cena…? —preguntó de pronto.

Él se acercó a la cama y se sentó en el borde. C.J. gateó y se abrazó a él por la espalda. Apoyó la barbilla sobre el hombro.

—Pasaré por ti a las ocho y media. ¿Te va bien? —preguntó con dulzura—. Será una cena informal. Mañana en la noche se van de regreso a Texas.

Ella asintió.

—Una cena de despedida. Entonces llevaré algunos bocaditos de dulce. Qué pena que se queden tan poco tiempo.

—Sí… pero mi cuñado las echa de menos, así que al menos las he tenido por aquí unos días —se puso de pie y le dio un último beso—. Te veo en la noche, cariño. Trata de dormir un poco. Todo va a estar bien. ¿De acuerdo?

—Ahora lo sé. —Sonrió.

***

Más allá de la rabia y la decepción, Cassandra había llegado a sentir pesar por Noah. Se imaginaba que estar atrapado en una situación de conflicto entre lo que deseaba y lo que el entorno social conservador exigía era demasiado complejo. No lo justificaba, porque una persona que ofendía a otra, la golpeaba y la humillaba como Noah hizo con ella, no tenía forma de sostener un respaldo argumentativo a sus acciones o palabras.

Jamás volvería a permitir que nadie la tratara mal. Quedarse callada no era una opción. El maltrato debía denunciarse, y ella buscaría el modo de ayudar en algún programa social que impulsara a las mujeres a superar la codependencia, pero sobre todo, a amarse a sí mismas. Quizá su caso, comparado con otros, era solo un rasguño. Pero la dimensión del maltrato no era medible. Simplemente era maltrato y punto final. Y no debía permitirse.

Ella había hablado con sus padres después del suceso. Giselle se quedó impactada, pero Cyrus la calmó, les contó que Noah llamó para disculparse con él.

—Ha dicho que no podía verme a la cara, después de lo monstruoso de su comportamiento y que había renunciado a la presidencia de la empresa familiar. Que sus padres no lo entendían, y al parecer van a poner en venta el grupo Caldwell. Noah se va de Tennessee. A Europa, quizá.

—¿De verdad hizo eso, papá? —preguntó Cassandra asombrada.

—Creo que es un hombre atormentado —dijo Cyrus—. Pero mi preocupación eres tú, Cassy. Él tiene que agradecer que sigue vivo, porque si ese muchacho Xander no hubiese aparecido antes que yo en la escena, probablemente estuvieras llevando a mi equipo legal para intentar sacarme de la cárcel por homicidio premeditado.

—Oh, papá, no digas semejante tontería.

—Siempre he dicho que no existe mejor decisión que la sinceridad. Quizá sus padres se enfaden, quizá pierda contactos con mentalidad retrógrada, pero lo que cuenta es que él se sienta libre de amar y vivir conforme a lo que le dicta su corazón. Si Charles o Linux me hubiesen dicho que eran homosexuales, no los habría juzgado, ni amado menos ni amado más, son mis hijos. Son libres de amar a quien deseen amar. Al final el amor es un sentimiento universal, no entiendo la manía de algunas personas de categorizarlo por razas o sexo. Ridículo.

Cassandra sonrió. Adoraba a su madre. Era una mujer con una mentalidad amplia, pero especialmente sincera.

—Coincido contigo, cariño —agregó Cyrus. A pesar de ser un hombre tradicional, no era inflexible, y durante los años de matrimonio Giselle había calado profundamente en algunas formas de concebir los cambios sociales que se suscitaban alrededor—. Es que no está transgrediendo ningún principio por amar a alguien de su mismo sexo. ¿Qué hay de la gente que mata, roba y violenta la integridad humana de otros?

—Papá... será mejor que dejemos el tema. Ya no quiero hablar de Noah. Espero que algún día pueda encontrar su felicidad. Quiero pasar la página.

Giselle frunció el ceño. Como si de pronto hubiese recordado algo.

—Oh, por cierto, ¿quién es Xander? —preguntó cambiando el tema.

Durante la fiesta de aniversario, tanto Xander como su familia tuvieron que retirarse pronto, pues Sasha había comido demasiados dulces y tenía dolor de estómago. Así que dada la premura de la partida, no tuvo oportunidad de presentar a Xander con su madre.

—Mamá...

—Venga. Cyrus, ¿tú sabes algo?

El hombre puso los ojos en blanco. Se acercó a su hija y le dio un beso en la frente. Luego fue hasta Giselle, y la besó en los labios.

—Sí, mujer, el chico Zhurov está enamorado de nuestra Cassy. Y ella le corresponde, ¿es así? —preguntó.

Cassandra rio.

—Es así, papá.

—Bien. Me gusta ese muchacho.

—¡Cassandra Jane! ¿Cómo no le has contado a tu madre semejante noticia?

C.J. se preparó para lo que sería una larga velada con su madre.

***

Tres semanas después, el clima empezaba a cambiar. Luego del intenso verano llegaba el otoño. Era una estación del año que Cassandra disfrutaba mucho. Le gustaba observar el modo en que las hojas de los árboles empezaban a cambiar de tono. Los antes colores vivos cambiaban a degradé de verdes, amarillos, rojos y naranjas, en una gama preciosa y romántica.

Su relación con Xander iba viento en popa. Las habladurías sobre el matrimonio con Noah habían cesado. Creyó que su padre tenía algo que ver. Pero esa mañana de miércoles en la oficina, Fanny le mostró una prueba del motivo.

—C.J., vaya… no entiendo por qué protegiste tanto a ese hombre, cargando con las palabras de mofa de algunos. —Le entregó la impresión de una página que recogía eventos del jet-set en Europa y Estados Unidos.

Cassandra no podía creer el titular. Pero no era eso lo importante, sino la foto que hablaba por sí misma. En un yate, no muy lejos de la orilla, estaba Noah besándose con un hombre. No era cualquiera, sino Armie. El mejor amigo de este. El que le lanzaba dagas envenenadas con los ojos. Ahora, Cassandra entendía el porqué de su actitud hostil hacia ella. Vaya. Dejó la hoja a un lado.

—Es su vida. Siempre las cosas caen por su propio peso. Al menos ahora empieza a ser sincero. Espero que le rinda en paz a su vida.

—Eres demasiado generosa.

C.J. rio.

—No, Fanny, decidí continuar con mi vida.

—¿Y con un arquitecto muy guapo?

C.J. sonrió de oreja a oreja. Ya no llevaba el cabello recogido severamente, ni trajes que le daban un aire de frialdad. Se sentía distinta. Se sentía como la Cassandra que siempre había sido, y que había decidido ocultar por temor y auto preservación. No importaba cuánto amase a un hombre. No volvería a permitirse intentar cambiar su esencia ni su alegría por otros.

—La verdad es que sí —dijo con un brillo especial en la mirada—. Por cierto, hoy tenía que venir Erick Danes de Zhurov & Compañía, para retirar el último pago. ¿Sabes si ya está aquí?

—Sí, de hecho, está con el arquitecto Zhurov en la pequeña bodega que les encargaste mejorar para que hubiese más aire y espacio.

—¿Les pido que se acerquen?

C.J. negó. Se puso de pie.

—Iré a contabilidad por el cheque y se los entregaré en persona.

—¿A quién pretendes sorprender?

C.J. se sonrojó, e hizo reír a Fanny

—Nos vemos al rato —murmuró saliendo a toda prisa.

—Seguro que sí —replicó Fanny riéndose por lo bajo, antes de acomodarse tras su escritorio y continuar trabajando.

CAPÍTULO 14

Al mediodía, Xander había reunido el valor suficiente para hablar con Cyrus. Almorzaron y charlaron de todo un poco. Aunque el tema principal le costó ponerlo sobre la mesa. Se armó de valor, porque Cassandra lo merecía. Quería hacer las cosas bien y sabía cuánto valoraba ella a su familia.

—Así que… ¿cuál es el tema central por el que estamos comiendo hoy? —preguntó Cyrus. Directo, y sin ambages, cuando terminaron el segundo plato y esperaban por el postre.

Generalmente no tenía nervios de hablar con una persona sobre ningún tema, pero en este caso se trataba de su vida sentimental. Una parte trascendental sin duda. Tenía treinta y ocho años, y pidiendo la mano de Cassandra se sentía como un veinteañero frente al padre de la novia.

—Cyrus, amo y respeto a Cassandra. Podría hacerle un discurso de todas las cualidades que ella posee, pero ya las conoce. Sé que ha pasado un momento difícil al enterarse hace pocas semanas de lo que hubo detrás de su anterior matrimonio, pero yo pretendo hacerla feliz y cuidar de ella. Deseo hacer las cosas bien y me gustaría contar con su aprobación para casarme con Cassandra.

—Vaya, muchacho. Yo que pensaba que los caballeros a la antigua ya no existían. —Rio—. ¿Sabes? En la familia no mezclamos…

—¿Negocios con placer? —preguntó riéndose.

Cyrus asintió con una sonrisa.

—Sin embargo, he visto la calidad de tu trabajo. Mi hijo Charles me ha comentado que los amigos a quienes te refirió están satisfechos con tus propuestas profesionales. Tengo buen ojo cuando de negocios se trata…

—Lamento interrumpir, Cyrus, agradezco sus comentarios, pero no deseo distorsionar el sentido de este almuerzo hablando de negocios.

Cyrus lo observó un largo rato. Recibieron a la camarera que dejó dos Crème brûlée de pistacho. El padre de Cassandra, sonrió.

—Entiendo que quieres una respuesta de mi parte, pero también sé que eres un hombre que al final hará lo que quiera porque desea tener a su lado a la mujer que ama, y que esta es una mera cortesía. La cual agradezco. —Xander asintió—. Te doy la bienvenida a la familia Bostworth, Xander, y espero que sepas el tesoro que te llevas. —El arquitecto asintió nuevamente—. Ahora, ¿estás dispuesto a hablar de negocios?

Xander soltó una carcajada de alivio.

—Lo estoy, gracias, señor.

—¡Bah! Vamos a ser familia, puedes llamarme Cyrus.

—Cyrus, entonces.

El anillo que había comprado el fin de semana lo llevaba guardado en el bolsillo desde entonces. Quería que fuese un nuevo inicio, y no era muy bueno dando sorpresas u organizándolas. Cuando llamó a Annika para contarle de sus intenciones, su hermana prácticamente empezó a hablarle sobre decoración. A él le gustó que su pequeña familia congeniara con los Bostworth.

Annika le preguntó cómo pensaba proponérselo, pero lo cierto es que no tenía la más remota idea. Tendría que pensarlo bien, porque Cassandra era especial y quería que ese fuera un nuevo comienzo. Ahora C.J. era muy distinta a la mujer que él conoció en un principio. Era más alegre, descomplicada y pedía lo que deseaba, tanto como entregaba generosamente. Adoraba haber sido testigo de ese proceso.

—Nos quedó fabuloso —dijo Erick Danes. Estaban en la bodega del séptimo piso de Bostworth Corporation. La empresa que solía subcontratar para ejecutar los planos se había retirado diez minutos atrás. Era el último contrato de Zhurov & Compañía. Pero la cartera de clientes en espera era extensa. Les tocaba seleccionar los más convenientes, y próximamente iba a contratar un nuevo equipo de arquitectos que diera abasto con la demanda.

Erick había recibido el alta médica tiempo atrás para que se reincorporara al trabajo. Xander tuvo la posibilidad de constatar su nivel de compromiso cuando Erick se presentó a la oficina de Cyrus para empujar el proyecto de la remodelación del despacho de presidencia. Con un brazo escayolado, pero actitud optimista, trabajó sin quejarse y con excelentes resultados.

Aunque era a veces un bocazas, el aporte de Erick era valioso. Xander solo contrataba a personas con un alto estándar de profesionalismo. Si sus empleados no rendían, no dudaba en despedirlos. Porque no solo se jugaba un cliente, sino su reputación. Y esta última le había costado muchísimo conseguirla.

—¿Estás hablando en serio, Xander? —preguntó Erick cuando le contó la propuesta de negocios de Cyrus durante el almuerzo.

Doblando un plano y guardándolo en un cilindro, asintió.

—Caldwell dejó un espacio en la empresa, así que mi idea le pareció genial.

—¿No se enfadó porque tu idea no era la que te propuso inicialmente?

—En absoluto, tiene una mente muy abierta. Así que de ahora en adelante la división que trabajaba asesorando sobre autos de lujo, y vendiendo partes de autos de colección, está cerrada. La vamos a reemplazar con una sección dedicada a la mejora de espacios básicos del hogar. Una suerte de asesoría específicamente.

—Ya, pero esa parte no quedó clara.

—Las personas que estén pensando en readecuar su casa podrá recibir nuestra asesoría o aquellas que deseen construir una. Ya sabes que estas últimas generalmente no son muchas, pero en el caso de quienes deseen mejorar sus espacios vamos a asesorarlos. La división de se llama Espacios Ergoeconómicos.

—Suena pomposo —dijo riéndose. Xander se encogió de hombros—. ¿Y la ejecución o puesta en firme de esos cambios?

—Eso ya correría por cuenta de los clientes, aunque Cyrus me dijo que podía tener la potestad de recomendar a los proveedores con los que hemos trabajado. En todo caso, iniciaremos con asesoría. Algo dinámico. Para que no nos vean a los arquitectos solo como meros diseñadores de espacios de lujo o confort o lo que fuera, sino como verdadero apoyo para tener una casa, vieja o nueva, que sea funcional para la familia o la pareja o un individuo.

—Eso suena genial —dijo Erick, entusiasmado—. Por cierto, ¿ya terminaron los ajustes en la casa de la hija del jefe? —preguntó. Puesto que no era un secreto que Xander y Cassandra tenían una relación, Erick no volvió a llamarla dama de hielo. Además, una vez que la trató se dio cuenta de que era una mujer cálida y decidida. Y si a eso le sumaba que era la novia del jefe, pues mejor se quedaba callado para no meter la pata.

—Sí, por completo. Hace seis días.

—Vaya, jefe, te has llevado el premio gordo —dijo Erick riéndose, mientras acomodaba sus pertenencias en una pequeña maleta. Luego tenía un partido de tenis con unos amigos de la universidad. La comisión por el contrato Bostworth le había servido para pagarse la membresía en un club exclusivo.

Xander rio.

—¿Por qué lo dices?

Erick se cruzó de brazos, como si Xander hubiese llegado de Júpiter.

—Te llevas la chica, y además el negocio. Un paquete

fabuloso por el que otro hombre de negocios mataría. Me alegro, jefe, finalmente tienes la expansión que buscabas desde que empezaste a trabajar con Bostworth. Era tu motivación para haberte vinculado con esta compañía. —Le dio unas palmaditas en el hombro.

Xander puso los ojos en blanco.

—Es lo que tiene ser listo. Empezaremos a trabajar con Cyrus dentro de tres días haciendo la planificación comercial y se reunirán nuestros abogados —dijo Xander siguiéndole la corriente. A veces Erick era cotilla. No tenía sentido discutir por naderías—. ¿Alguien viene por ti o quieres que te dé un aventón? Si vas a la oficina me queda de camino, porque tengo que ir a hacer unos ajustes con el equipo.

—Ehhh….

Xander terminó de colocar un libro en la estantería opuesta a la puerta. Frunció el ceño ante el silencio repentino de Erick.

—¿Qué pasa? —preguntó aún de espaldas.

—Jefe…

La voz nerviosa de Erick, hizo a Xander girarse con el ceño fruncido.

—Fue una pregunta sin complicación la que te hice…— empezó, y no pudo concluir. Cassandra estaba en el umbral de la puerta—. ¿Cariño?

Cassandra lo miraba con ojos sorprendidos, el rostro pálido. Trataba de mantenerse serena, pero sentía que la historia se repetía. Escuchar a Xander y a Erick hablando de que ella era parte de un conveniente paquete comercial sacudió su cuerpo con violentas emociones.

El corazón le iba a mil palpitaciones por segundo mientras trataba de respirar profundamente. Sus músculos del estómago probablemente estaban paralizados. Era como haber sido de pronto catapultada a una tormenta donde solo se percibía angustia y un lacerante dolor.

Cassandra tomó el cheque que acababa de retirar de contabilidad, y estiró la mano hacia Erick, quien automáticamente lo aceptó. Erick miró a uno y otro sintiendo una tensión de la que no quería formar parte. Balbuceando una disculpa tomó sus pertenencias y salió de la pequeña bodega recién restaurada.

—¿Qué ocurre? ¿Te sientes mal? —preguntó Xander acercándose y poniéndole las manos en los hombros.

Cassandra apretó la mandíbula. No entendía cómo él no había podido escuchar el sonido de su corazón rompiéndose.

—No, me siento perfectamente. En especial cuando me doy cuenta de que eres un mentiroso.

—¿De qué hablas…?

—Lo escuché todo, Xander. Todo. Soy parte de un buen paquete corporativo. Así que vas a ser el reemplazo de las empresas Caldwell —dijo con una carcajada que sonó más bien lúgubre— en las tiendas de mi familia. Vaya, ¡qué cambio tan refrescante! —espetó apartándolo de un manotazo.

—Cassandra…

—Bueno, pues, señor Zhurov. Este paquete corporativo se divide ahora mismo. Me alegra que hayas conseguido el beneplácito de mi padre. Me alegra que hayas logrado un buen negocio que es lo que buscaste desde un inicio. Me alegra que pudiste ser el hombre que convertiste a la dama de hielo en una mujer normal. Pero me alegra sobre todo porque conseguiste despertar de nuevo mi deseo sexual, ¿y sabes qué es lo mejor de esto último?

—Estás mal interpretando todo, Cassandra. Creo que te he demostrado que soy sincero. Que te amo. Y que lo último que me importa es tu maldito dinero o tus malditas conexiones familiares. Todos los negocios inician con un propósito. El negocio dejó de importarme en el momento en que me enamoré de ti. ¿Qué es lo que alcanzaste a escuchar? Porque es evidentemente que fue una conversación incompleta.

Ella le hizo un gesto con la mano para desmerecer sus palabras. Como si fuese un enjambre molesto e inocuo.

—Escuché lo suficiente para agradecerte que ahora puedo acostarme con quien se me venga en gana sin sentir remordimiento. Sin creer que no seré lo suficientemente sensual para atraer a un hombre. Porque lo soy y mucho. ¿Verdad?

Xander apenas podía contener la rabia que bullía dentro. Cassandra creía que la había utilizado, porque escuchó que él no corregía al tonto de Erick.

Intentaba serenarse, pero parecía no funcionarle. ¿Cassandra con otros hombres? La sola idea de que otro se atreviese a tocarla lo empujaba a un camino de pensamientos poco coherentes. Lo volvía loco de furia.

—Cassandra, te estás pasando. Por última vez, déjame explicarte. Escúchame. No hagas algo que puedas lamentar —dijo con tono aparentemente calmo, pero ella lo conocía bien, la voz sonaba acerada y peligrosa. Pero a Cassandra no le importaba. Estaba dolida. Se sentía destrozada. Utilizada.

—¿Lamentar? No, Xander. Escucha bien. Pude haber pasado por tonta una vez, pero no dos veces. No tienes idea de cuánto me alivia haber podido escucharte hablar con Erick. No quiero volver a saber de ti.

El autocontrol de Xander voló por los aires. Tomó a Cassandra en brazos, se acercó a la puerta y la cerró de una patada. Luego la dejó a ella sobre un escritorio recién instalado. La encerró con su cuerpo. Una mano a cada lado de sus caderas curvilíneas. Se inclinó sobre ella, pegando la frente a la de Cassandra.

—Eres mía. No te atrevas a amenazarme con la posibilidad de acostarte con otros hombres. Yo jamás te diría semejante estupidez.

—¿Me estás llamando estúpida? ¿Además de utilizarme me estás…?

Él bajó la cabeza y arrasó la boca de Cassandra. Este beso no fue dulce, no. Este fue un beso abrasivo, invasivo, conquistador y reafirmante. Él era suyo, y ella era de él. Pero Cassandra lo apartó de un empujón cuando sintió el sabor metálico de la sangre. No sabía si de ella o de Xander. Se pasó la mano por los labios.

—¿Es… tuya o mía? —preguntó Xander en un murmullo.

—Tuya… yo…

—Demonios… —Xander se apartó.

Cassandra, esta vez sin retener las lágrimas, se bajó del escritorio.

—¿Esta idea se te ocurrió cuando te dije que Caldwell estaba por renovar el contrato y yo no quería que lo hiciera?

—No vayas por esos lados. Ni siquiera sabía qué iba a pasar entre nosotros. Apenas habíamos empezado a vernos. Además, fue tu padre quien me propuso hoy un negocio. Yo no necesito el dinero. Si no puedes confiar en mí, entonces quien se ha equivocado soy yo en esta ecuación.

—¿Ahora eres tú el ofendido? —preguntó con rabia.

—No, Cassandra, lo que ha ocurrido aquí es un mal entendido. Estoy intentando razonar contigo, pero solo me respondes con rabia o con ataques. Eso no es conversar. No vamos a llegar a ningún lado. Estás demasiado alterada.

Ella se acercó y lo apuntó con el dedo en el pecho.

—No intentes decirme si estoy o no alterada. —Se secó con el dorso de la mano las lágrimas. A él le dolía verla así, pero más le dolía saber que no confiaba en él. Que el precio del pasado era lidiar cada tanto con las inseguridades en una pareja, pero ella se dejaba obnubilar tan rápidamente que lo dejaba fuera—. No intentes venderme excusas.

Xander se pasó la mano por el rostro. Cruzó los brazos. Su cuerpo estaba tenso como un arco.

—Tu padre fue quien propuso hacer negocios. Yo tuve un almuerzo con él hoy, porque quería pedirle…

—Ufff, ¡ahora metes a mi padre! Vaya, pues.

Xander dejó escapar un suspiro ante la beligerancia de C.J. La miró con tal impotencia y rabia al mismo tiempo que Cassandra dudó por un minuto de lo que había escuchado.

—¿Qué es lo que quieres de mí? —preguntó él con tono derrotado. Podía continuar debatiendo y discutiendo, pero ella estaba en un plan de negación absoluta—. Dímelo y encontraré la manera de dártelo.

—Es muy fácil —dijo con la voz serena, aunque le temblaba—. No quiero volverte a ver. Y si te cruzas en mi camino por tener que trabajar para mi padre, procura creer que no nos conocemos.

—¿Estás segura de lo que pides? —insistió. Una última vez. Dios, Cassandra lo estaba matando, pero si ella era la persona que no podía confiar, a pesar de que él le había demostrado que la amaba, entonces su cincuenta por ciento de la relación estaba hecho. Él no podía hacer el cincuenta por ciento que le correspondía a ella. Así no funcionaban las cosas.

—Lo estoy.

Xander la miró con una expresión que ella no supo interpretar. Se acercó a ella como si fuera a besarla, pero luego pareció pensárselo y se apartó.

—Será como quieres, entonces.

Ella no respondió. Solo cerró los ojos cuando se quedó en el silencio de la estancia con los murmullos a lo lejos de los empleados y las impresoras trabajando.

Durante un largo rato, Cassandra se abrazó a sí misma.

CAPÍTULO 15

Doce días. Quince horas. Veinte minutos. Treinta segundos. El tiempo exacto en que no había sabido de Xander. El tiempo exacto en que sabía que era una completa idiota. El tiempo exacto en que había echado a perder lo más bonito que le había pasado nunca.

Después de aquella discusión en la oficina, dejó terminados los últimos asuntos pendientes, y dos días más tarde pidió sus vacaciones. Le debían un mes completo. Así que le dijo a Fanny que notificara a recursos humanos que estaría fuera de circulación. Su asistente no hizo comentarios. Ni falta que hiciera, porque la mirada cabizbaja que llevaba era bastante elocuente.

Se había asustado. Lo reconocía. No supo cómo manejar la situación y reaccionó mal. No había escuchado la charla completa. Su parte irracional y temerosa había emergido como un león dispuesto a defender su territorio. Y había atacado a la persona menos indicada sin darle la oportunidad de explicarse.

¿Cómo sabía que era una idiota? Su padre se lo había hecho saber con solo una pregunta inocente. Un día antes de tomar las vacaciones, Cyrus le preguntó que le había respondido a Xander.

—Respondido, ¿con respecto a qué? —le respondió intrigada.

Su padre frunció el ceño.

—Antes de ayer fue a pedirme tu mano. Esperaba que vinieses a contármelo con alegría, así que no me explico ese rostro de circunstancia, Cassy. —Eso la había dejado sin habla—. Creo que lo ofendí un poco hablándole de un negocio que tenía en mente para reemplazar a Caldwell, mientras lo que él quería era solo pedirme tu mano. Es un buen hombre, y quiero que él forme parte del conglomerado de la familia. Es… ¿Cassy? —le había preguntado al verla pálida.

Con angustia, Cassandra había salido de la oficina de su padre. Fue a buscar a Xander, pero nadie respondía a la puerta. Fue a buscarlo a su empresa, y la asistente le dijo que estaba fuera de Nashville por negocios y no regresaría hasta dentro de quince días. No quiso proporcionarle datos ni del hotel, pues no estaba autorizada para informar a personas externas a la compañía sobre el paradero de su presidente.

Regresó a su casa sintiéndose miserable.

Y ahora, esperando a Serena en la cafetería favorita de ambas, giraba con aburrimiento la cuchara dentro del humeante café con avellanas y crema batida. Su amiga estaba trabajando en un caso criminal muy complejo e inclusive había necesitado utilizar un servicio de guardaespaldas. Serena jamás hablaba de trabajo, así que le pidió que la contactara solo móvil durante el juicio y en exclusiva a un nuevo número que era una línea segura.

Cassandra no entendía el gusto de Serena por esa carrera en la línea de criminalística, pero respetaba a su amiga porque era la mejor en su campo. Sentía pesar por la preocupación de mil demonios que debía cargar a cuestas Martin.

—Ufff, llegué —dijo Serena interrumpiendo sus cavilaciones. Dejó la chaqueta a un lado y ordenó unos bocaditos. El cielo en el exterior se había oscurecido—. Lo siento mañana dan el veredicto. Ha sido una locura.

—Hola, abogada —replicó Cassandra con una sonrisa—. ¿Entonces esos dos guardaespaldas tan guapos solo serán vistos hasta hoy?

Serena sonrió.

—No. Estarán conmigo dos meses más, por precaución indistintamente del resultado de mañana.

—¿Te han amenazado?

—No, pero prefiero evitar cualquier problema. Incluso he obligado a Martin a que contrate un guardaespaldas también. Ya sabes por esto de que las personas más cercanas pueden verse afectadas. Siento que estés pasando sola este trago amargo, Cassy. ¿Ninguna noticia de Xander?

—Como si se lo hubiese tragado la tierra, Serena… Cada día que paso sin él me duele.

—¿Intentaste llamarlo?

—No me responde.

—¿Habrá cambiado de número?

—Estoy segura de que no quiere saber de una mujer que pensaba que estaba cuerda, pero al final se le fue la chaveta intentando verle cinco patas al gato.

—¡Guau! Toda una frase llena de lugares comunes, ¿eh? —comentó, intentando bromear. Cassandra hizo una mueca.

—Serena…—advirtió. La miró con desamparo—. Necesito tu ayuda.

—Es que no entiendo por qué rayos crees que Xander no querría comunicarse contigo. ¿No te has puesto a pensar que quizá los momentos en que llamaste tenía el móvil lejos del área de cobertura, o que estaba en un avión o qué sé yo…?

—¿O con una mujer en la cama?

Serena soltó un bufido poco elegante, y se recostó contra el respaldo del asiento.

—Voy a pretender que no escuché esa idiotez. Mira, Cassy, si él tenía pensado proponerte matrimonio, no creo que su siguiente paso sea estar en la cama con otra. Recuerda que él es un empresario que se maneja a sí mismo, no tiene jefes y para llevar un negocio hay que ponerle los cinco sentidos.

—Pudo haberme escrito un mensaje de texto.

—Las posibilidades son infinitas, el punto es, ¿por qué debería él intentar comunicarse contigo, si eres tú quien no confía en él? Mira, Cassy, te adoro, pero creo que tienes un tornillo flojo. Y si no te lo ajustas vas a perder al hombre de tu vida.

—¡No sé qué hacer! Intento estar optimista, pero me cuesta…

El móvil de Serena sonó. Ella respondió de inmediato. Primero sonrió, luego frunció el ceño, y finalmente cerró la llamada.

—Cassy, odio decírtelo, pero o te sacas de la chistera ideas o pasará el tiempo y entonces será demasiado tarde. Sigue tu corazón. Yo tengo que volver a la corte.

—¿Qué…?

—Asesinaron a uno de los testigos clave…

—¿Cómo?

—No tengo idea y pienso averiguarlo. Lo siento, nena, pero intenta pensar con serenidad. Saca a la Cassy decidida. Esa que sabe lo que quiere y que no va a perder al hombre que ama. ¿De acuerdo? —Se inclinó para darle un abrazo—. Te quiero, Cassy.

∗∗∗

Quince días. Cero minutos. Cero segundos.

Se calzó zapatos rojos de taco de aguja. Rebuscó entre su ropa y encontró un vestido celeste que le quedaba como un guante y ajustaba sus curvas con mimo. El cabello lo llevaba suelto y con ondas ligeras. Delineador negro, blush y un labial de tono rosado bajo era su maquillaje. Perfecto, le dijo a su reflejo en el espejo. Estaba guapa. Lo sentía y lo sabía.

Después de su comida con Serena mandó todo su remordimiento al diablo. Era momento de dejarse de lamentar de las estupideces y luchar, aunque tuviera que perder. Luchar aunque fuera rechazada. Porque no enfrentarse a los miedos por vivir en un caparazón aislado de todo cuanto pudiera dañarla, solo contribuía a un estúpido aislamiento emocional que la privada de lo más importante: sentir.

Quería vivir, reír y llorar con Xander.

Fue hasta su estudio de dibujo y sacó un precioso librito hecho a mano con ilustraciones. Le había tomado un día entero sin dormir. Pero valía la pena. Había dibujado lo que significaba Xander para ella. Solo esperaba que él entendiera el mensaje. Y si no, pues insistiría. Porque la vida era una batalla de perseverancia.

Llamó a un taxi.

***

Después del malentendido con Cassandra, Xander le había dicho a Cyrus que no le interesaba formar parte del negocio porque, aunque era ambicioso, no podría permitir que C.J. se sintiera incómoda en su propia empresa. Cyrus le expresó su pesar, porque creía que tenía un gran potencial y le comentó que se le había escapado días atrás, decirle a Cassandra lo de la propuesta de matrimonio.

Xander, se despidió de Cyrus. A la noche siguiente lo llamó Charles Bostworth. Quería aperturar un nuevo centro comercial y necesitaba un arquitecto que lo diseñara.

—Las cosas entre tu hermana y yo están un poco tensas, Charles —contestó cuando el empresario le preguntó por su relación con C.J.

—Qué pena… espero que eso no te impida aceptar mi propuesta de trabajo.

—Dado que está fuera de las oficinas de Bostworth Incorporated, no tengo ningún problema. Gracias, Charles.

—Nos hablamos, entonces.

Ese negocio implicaba reunirse con un inversionista

texano. Estuvo tres días en Houston y luego se trasladó a Dallas para pasar unos días en el rancho de su cuñado y tener un poco de desconexión con Tennessee. Sasha le perdió el móvil en el lago de la casa, así que, aunque hubiese querido, no tenía comunicación.

Le dijo a Annika que quería hablar con Cassandra, pero su hermana le sugirió que no la presionara. Que le diera tiempo. Sin embargo, lo que él menos podía hacer era concentrarse, porque odiaba estar lejos de ella. Pero Annika tenía razón. Dejaría que ella se calmara y pensara bien los hechos. Más aún ahora que Cyrus le había confirmado la verdad sobre sus intenciones al reunirse.

Su asistente le dijo que Cassandra lo había ido a buscar un par de días después de que se hubiera ido a Texas.

—¿No le diste el número del rancho? Perdí mi móvil.

—Lo siento, señor Zhurov, usted me indicó que nadie fuera de la empresa podía contactarlo. Y aún los arquitectos debían ajustárselas mientras Erick estaba al mando de los equipos de trabajo hasta que usted regresara...

La sola idea de que ella hubiese ido a buscarlo, daba cuenta de que había entrado en razón. Aunque eso no implicaba que todo estaba solucionado. Necesitaban hablar.

Había regresado de Texas esa mañana. El contrato con Charles y el empresario texano estaba en manos de los abogados de Zhurov & Compañía. El proyecto era inmenso. Se iba a construir uno de los centros comerciales más grandes de Nashville y Bostwoth Luxury iba a abrir, por primera vez, en otro estado: Texas. Era un gran paso, y Charles le dijo que estaba más que contento por ello.

Cerca de las diez de la noche, finalmente logró salir de la oficina. Estaba reventado y solo pensaba en darse un baño y dormir. Al día siguiente su primer punto en la agenda era hablar con C.J. La extrañaba mucho. Su risa, sus besos, su conversación. Toda ella.

No tenía ganas de sortear el tráfico como tortuga, así que tomó la Ducati y salió rumbo a su casa. Treinta minutos

Kristel Ralston

despúes aparcó.

Frunció el ceño al ver una mujer en la puerta, apenas iluminada y con la sombra de una de las columnas de ladrillo sobre el rostro. Pero él no necesitaba verla de cerca para saber que era Cassandra.

Con el corazón palpitándole bajó de la moto y caminó hasta la entrada de la casa. Estaba preciosa. Siempre había sido hermosa. Pero todo ese tiempo de ausencia hacía que el anhelo de tenerla a su lado fuera incontenible prácticamente.

—Hola, Xander —susurró con emoción. Estaba tan guapo. Lo había extrañado tanto. Moría por sus besos y daría lo que fuera por borrar esas palabras tontas que le dijo días atrás—. Pasaba por el vecindario… y decidí esperar a que regresaras a casa —dijo con una sonrisa tímida.

El rostro de Xander se iluminó.

—¿Sí?

Ella asintió.

—Estás muy guapa, Cassandra.

—Gracias… tú también…

Se quedaron mirando un largo rato, hasta que Xander sacó las llaves de la casa. Abrió la puerta.

—Tengo hambre, ¿te apetece tomar algo?

No, no le apetecía, principalmente porque tenía un nudo en la garganta. Era inevitable. Tenía que hacer un gran esfuerzo para no pedirle que le dijera que todavía la amaba, que no había encontrado otra persona, que la extrañaba tanto como ella a él. Tanto que casi dolía.

—Sí, gracias.

Lo siguió hasta la cocina. Él abrió diligentemente el frigorífico y sacó una jarra de limonada. Sirvió dos vasos y le extendió uno a Cassandra. Ella bebió en silencio, mientras Xander hacía otro tanto.

C.J. se sentó en una de las sillas altas, y Xander hizo lo propio del otro lado del mesón de mármol.

—Xander…

—¿Sí?

158

—Lo siento mucho.

—¿Qué es lo que sientes?

—Haber dudado de tus sentimientos. Y haberte dicho tantas idioteces juntas... —dejó escapar un gemido entrecortado—, nunca me acostaría con otro hombre cuando eres tú el dueño de mi corazón. Estuvo muy mal de mi parte haberte lastimado con esas palabras. Me siento mal y vine a pedirte disculpas. Estos quince días han sido infernales. Las peores vacaciones —dijo con una risa triste—. Contaba los minutos intentado la forma de volverte a ver. Tu asistente me dijo que estabas fuera... te escribí... no sé si.... y como no respondías los mensajes de texto, ni las llamadas...

Él estiró la mano y la puso sobre la de C.J.

—Me fui a Texas, cariño. Sasha estaba jugando en la laguna del rancho de mi cuñado en Dallas, y sin querer lanzó mi móvil al agua. No tenía oportunidad de ir a comprar otro porque estaba lejos del centro de la ciudad. Y bueno, Annika me sugirió dejarte tranquila unos días para que las aguas se calmaran... ¿Fue mala idea seguir su consejo? Porque lo cierto es que estar sin ti me estaba matando.

Ella negó, acariciando distraídamente los dedos de Xander. Era tan maravilloso volver a tocarlo.

—No, no fue mala idea. Pude poner lo ocurrido entre nosotros en perspectiva... y después de que mi padre me dijera que... —bajó la mirada, sonrojándose—, pues me explico que...

—¿Quería casarme contigo? —preguntó con suavidad.

—Sí... —sonrió con timidez—. Me sentí tan mal por no haberte querido escuchar, porque no fui justa... —elevó el rostro hacia él. Xander la miraba con amor y dulzura. ¿Cómo era posible después de lo ridícula que se había portado? —. Y temí haberte perdido...

—¿Por qué estás hoy aquí...?

—¿No me lo vas a poner fácil a pesar de que te pedí disculpas?

Él sonrió.

—No soy orgulloso, Cassandra. No contigo. Así que disculpas aceptadas, pero en realidad quiero saber qué otros motivos tiene tu cabecita al haberte impulsado a venir a esta hora.

C.J. rebuscó en su bolsa el cuadernillo y se lo entregó.

—Lo hice ayer… espero… —Él estaba absorto en las ilustraciones—. Me gusta dibujar… —balbuceó.

Varios minutos después, Xander la miró conmovido.

—Es un regalo precioso, Cassandra… gracias…

Eran seis ilustraciones. Cada una representaba una etapa distinta de su vida. La primera su familia e infancia con ellos. La segunda sus amigos. La tercera su matrimonio fallido. La cuarta cuando conoció a Xander. La quinta cuando él se alejó de ella. Y la sexta los días sin Xander.

En cada ilustración el fondo estaba difuminado, pero era fácil darse cuenta de quiénes estaban en el torno, lo distinto era la expresión en el rostro de Cassandra. La última ilustración la representaba a ella con la esperanza en la mirada y la vista en el horizonte soleado, y una figura masculina recortada, en sombras.

—¿Sí? —susurró mordiéndose el labio, y sonriéndole. Trataba de contener las lágrimas—. Lo que quiero decirte con estas ilustraciones…

Xander se incorporó, rodeó el mesón y le tomó el rostro entre las manos. La acarició con ternura. Como si fuese la pieza de cristal más valiosa del mundo.

—Cassandra, mi vida sin ti carece de luz. Gracias por haber venido hoy. Por haber dejado el orgullo atrás y haber reconocido tu error. Pero sobre todo, gracias por amarme tanto como yo te amo a ti.

—Xander… —dijo colocando las manos sobre las de él—. Te amo tanto...

Sin poder aguantar más tiempo, él se inclinó para besarla. Con sus gemidos de dulzura y placer ella lo acogió en sus labios. El beso le calentó el corazón y derritió sus miedos, se sentía como si hubiese salido de un túnel oscuro y triste. Xander sintió que todo encajaba de nuevo en donde debía. Ella en sus brazos y en su corazón. Volver a tocarla era maravilloso.

Saboreó el dulzor de su boca, enterró los dedos en aquel cabello suave y rubio, y recorrió los labios con avidez. Aspiró los suspiros que surgían de la garganta de Cassandra, y disfrutó del placer de sus besos.

Necesitaba terminar de zanjar las cosas con ella. Así que poco a poco aminoró la intensidad del beso. Llevó las manos desde el cabello hasta los pómulos elegantes de Cassandra y los acarició con reverencia.

Ella elevó las manos y dibujó el rostro de Xander con la yema de los dedos. Era algo que C.J. disfrutaba hacer, y él se había habituado a esa caricia.

—¿Vas a ser capaz de confiar en mí, Cassandra, aun cuando las circunstancias parezcan incriminarme y solo pueda darte mi palabra de que no tengo que ver con la situación? —preguntó él rodeándola con los brazos.

Ella asintió apoyando la cabeza contra el hombro de Xander. Lo abrazó con fuerza como si temiese que de un momento a otro despertara en la solitaria habitación de su casa extrañando el confort del calor masculino a su lado. Sintiendo cómo cada célula de su cuerpo gritaba ante la necesidad de saber de él, y si aún la seguía queriendo.

—No quiero volver a fallarte y lastimarnos —confesó.

—¿Sabes qué haremos al respecto?

—¿Qué?

—Trabajaremos juntos para superar este bache y los que están por venir. ¿De acuerdo? No me vuelvas a dejar fuera. Una pareja es un equipo. ¿Tenemos un acuerdo? —preguntó.

—Sí. Claro que sí.

La tomó de la mano y la ayudó a bajar de la silla.

—Fantástico. Ahora, ven conmigo.

Ella enlazó los dedos con los de Xander y caminó a su lado.

Llegaron hasta el salón principal. Él estiró la mano libre y sacó una bolsita de terciopelo de una estantería. Caminó hasta el sofá y le pidió que se sentara. Ella lo hizo, sin perder el contacto con la mirada verde-azulada.

Cuando lo vio apoyar una rodilla en el suelo, C.J. se cubrió la boca con la mano. Lo miró boquiabierta.

—Cassandra Jane Bostworth —dijo con tono solemne. Abrió la bolsita y sacó una caja dorada—. No quiero volver a estar sin ti. Quiero dormir y despertar cada día a tu lado por el resto de mis días. Nada deseo más que ser tu esposo, y nada deseo más que seas mi esposa. ¿Me harías el honor de casarte conmigo? —preguntó con los ojos rebosantes de amor, mientras abría la caja de joyería.

—Nada me haría más feliz que ser tu esposa —dijo con la emoción expandiéndose en su pecho. Xander, con una sonrisa que se equiparaba a los rayos de sol, le deslizó con presteza un precioso anillo de brillantes en el dedo anular.

Xander se puso de pie y se sentó junto a ella. Luego la atrajo a sus brazos y la colocó sobre sus muslos. Ella se sostuvo del cuello de Xander y movió el dedo anular donde brillaba su anillo.

—Es un anillo precioso.

—Lo compré hace varias semanas. Solo que no encontraba la ocasión perfecta para entregártelo.

—Vaya…

—Si no hubieras venido hoy, al final yo habría ido por ti.

—¿Es así? —preguntó feliz de estar entre sus brazos, y ante la perspectiva de una nueva vida juntos.

—Fuiste a buscarme a la oficina me dijo mi asistente. —Ella asintió—. Entonces, dado que era yo quien estaba incomunicado y tú lo ignorabas, era a mí a quien le hubiese tocado hacer otro movimiento para llegar a ti. —Cassandra le dio un beso lento y sentido—. Además, ese anillo solo tiene una posible dueña. No podía permitir que te me escaparas.

—Soy la mujer más feliz del mundo hoy.

Él rio. Le acarició el labio inferior con el pulgar. Ella sacó la lengua y lo lamió. Los ojos de Xander se oscurecieron.

—Han pasado demasiados días —murmuró él, mientras

deslizaba una mano recorriendo la sedosa piel de la pierna de Cassandra—. Y ese vestido está demasiado tentador. ¡Y esos tacones!

Ella dejó escapar una risa y luego frotó la nariz contra la de Xander.

—Solo quiero ser feliz a tu lado.

—Yo haré lo posible para que así sea. Te amo, Cassandra, y aunque probablemente tendremos grandes peleas, lo que siento por ti irá madurando y creciendo, pero jamás va a extinguirse. —Luego la tomó en brazos haciéndola reír, antes de ir a su habitación. Cuando llegaron, la depositó con dulzura sobre la cama—. Tu corazón está seguro de que te amo, ¿cierto?

Ella asintió con una sonrisa mientras Xander empezaba a desvestirse.

—Se está haciendo costumbre esto de cargarme en brazos.

—Supongo que desde un principio inconscientemente me estaba preparando para cuando tú supieras que no tenías otra escapatoria que ser mi esposa.

C.J. puso los ojos en blanco.

—Estás muy pagado de ti mismo, señor Zhurov.

Él cubrió el cuerpo de Cassandra con el suyo.

—No. Tan solo sé que te amo —dijo mientras ayudaba a Xander a desnudarla—. Y, Dios, te deseo como nunca antes a ninguna otra mujer.

—Me gusta eso —comentó con una risa, cuando él le mordió el lóbulo derecho, antes de deslizar la mano hasta alcanzar las bragas—. Xander… —susurró cuando los dedos de él empezaron a tocarla hasta que la humedad entre sus muslos empapó la tela de seda.

—Ahora es tiempo de que nuestros cuerpos estén también al corriente de que nos amamos —susurró con voz ronca. Quince días sin ella era una eternidad.

—No podría estar más de acuerdo —replicó enlazando las manos al cuello de Xander para acercarlo y tener esa boca sensual a unos milímetros de la suya.

Con una carcajada que tenía dosis de amor, dulzura y

erotismo, ambos se sumergieron en una vorágine de placer.

EPÍLOGO

Seis meses después, Cassandra Zhurov estaba remoloneando en el jacuzzi del resort en donde estaba pasando su Luna de Miel. Con una copa de champán en mano, disfrutaba del mar en el horizonte del hotel en Grecia. Aprovechó que estaba esperando a que Xander regresara con unos bocaditos que a ella se le habían antojado, para cerrar los ojos y recordar un poco sobre los meses pasados.

Después de comprometerse, Xander le contó el negocio con Charles. Cassandra le dijo que le parecía perfecto, pero que reconsiderara formar parte de la nueva línea de negocio que había propuesto su padre. Él le dijo que ese proyecto en Texas iba a consumirle bastante tiempo, pero que quizá podría delegar a Erick para que trabajara la mitad del proyecto con Cyrus, aunque no era una prioridad.

Para su sorpresa, tiempo después del artículo que había visto de Noah y Armie besándose en un yate, su exesposo anunció que se casaría. Al fin había decidido salir de una vida de negación y mentiras, abrazando su sexualidad con orgullo. Noah la llamó y le deseó felicidad a la espera de que alguna vez pudiera perdónalo. Cassandra era tan feliz, que de corazón lo disculpó. La empresa Caldwell se había vendido a un grupo alemán.

Cuando sus padres y sus hermanos supieron del matrimonio con Xander, se pusieron felices por ella. En especial, Cyrus, pues le dijo que solo una hija valiente tenía el coraje necesario para aceptar su equivocación e intentar convencer al hombre que amaba de que valía la pena luchar contra el orgullo para ganar el amor.

El matrimonio se realizó en el rancho de la familia de Xander en las afueras de Dallas. Las floristas fueron Yessa y Sasha. Ambas niñas estaba felices de que podrían seguir viéndose cada vez y cuando. Los demás sobrinitos de Cassandra no entendían muchas cosas porque eran pequeños, pero se comportaron muy bien durante la ceremonia.

Para Cassandra fue como si hubiera sido la primera vez que se casaba, porque en su corazón sabía que era para toda la vida. Xander, tan guapo con su esmoquin, en lugar de seguir los tradicionales votos, ideo unos propios que la hicieron derramar un par de lágrimas. Era una mujer afortunada, porque amaba y era correspondida, pero principalmente porque había logrado empoderarse de sí misma como mujer.

La velada fue íntima, bellamente decorada y bailaron hasta el amanecer. Estuvieron en el rancho dos días más, luego salieron de viaje a Grecia. Aquel era un país que ella siempre había deseado conocer. Pero antes de viajar a la preciosa tierra griega, Xander quiso visitar San Petersburgo. Ella adoró la cultura de la que provenía su esposo, aunque le confesó que con tanto frío y las costumbres distintas no creía posible vivir ahí. Él le dijo que su hogar era Estados Unidos o donde fuera que estuviera   ella.

Así que aquí estaba. En la preciosa Santorini disfrutando del ocaso. El mismo que había dibujado en la última lámina que hizo seis meses atrás para Xander en su intento de reconciliarse. Ahora el panorama era diferente. El sol brillaba, ella sonreía, y el hombre que amaba no estaba en sombras, sino que con su paciencia y cariño había logrado abrir un camino distinto a su forma de experimentar el amor.

C.J. decidió poner su casa en alquiler, y Xander le prometió construirle una piscina y un cuarto de dibujo en la mansión de Belle Meade.

—Señora, Zhurov —dijo Xander, contemplando a su esposa.

Ella elevó la mirada y sonrió de aquella forma que le calentaba el alma.

—Hola, cariño. Ven aquí conmigo —pidió. Él le entregó un platillo con los bocaditos que ella quería y se sentó a su lado en el jacuzzi.

—¿Disfrutando de la vista? —preguntó él acercándola y abrazándola.

—Sí. Es hermosa, ¿verdad?

Cassandra se llevó a la boca un dulce griego. Luego dejó el platito a un lado.

—Lo es. ¿Sabes qué nos hace falta?

Ella frunció el ceño.

—No…

Xander sonrió con picardía. Tomó la copa de la mano de Cassandra y la dejó a un lado.

—¿Qué te parecería empezar a trabajar en la idea de un pequeño Zhurov?

Lo miró con una sonrisa.

—Imagino que tiene que ver con tus ganas de llenar esas habitaciones en la mansión, ¿verdad? —preguntó riéndose cuando él colocó la mano sobre su vientre, bajo el agua.

—Espero que no te moleste —dijo inclinándose sobre ella para besarla.

—En absoluto —murmuró contra los labios de su esposo—. De hecho, creo que el trabajo en equipo cada vez me gusta más…

Kristel Ralston

SOBRE LA AUTORA

Escritora ecuatoriana de novela romántica y ávida lectora del género, a Kristel Ralston le apasionan las historias que transcurren entre palacios y castillos de Europa. Aunque le gustaba su profesión como periodista, decidió dar otro enfoque a su carrera e ir al viejo continente para estudiar un máster en Relaciones Públicas. Fue durante su estancia en Europa cuando leyó varias novelas románticas que la cautivaron e impulsaron a escribir su primer manuscrito. Desde entonces, ni en su variopinta biblioteca personal ni en su agenda semanal faltan libros de este género literario.

Su novela "Lazos de Cristal", fue uno de los cinco manuscritos finalistas anunciados en el II Concurso Literario de Autores Indie (2015), auspiciado por Amazon, Diario El Mundo, Audible y Esfera de Libros. Este concurso recibió más de 1,200 manuscritos de diferentes géneros literarios de habla hispana de 37 países. Kristel fue la única latinoamericana entre los cinco finalistas del concurso.

La autora también fue finalista del concurso de novela romántica Leer y Leer 2013, organizado por la Editorial Vestales de Argentina, y es coadministradora del blog literario Escribe Romántica. Kristel Ralston ha publicado varias novelas como Mientras no estabas, Entre las arenas del tiempo, Brillo de Luna, Un acuerdo inconveniente, Lazos de Cristal, Bajo tus condiciones, El último riesgo, Regresar a ti, Un Capricho del Destino, Desafiando al Corazón, Más allá del ocaso, Un orgullo tonto, entre otras. Revista Hogar, una prestigiosa publicación de Ecuador, la nominó como una de las Mujeres del año 2015 en la categoría Arte por su trabajo literario.

Kristel vive actualmente en Guayaquil, Ecuador. En su tiempo libre disfruta escribiendo novelas que inviten a los lectores a no dejar de soñar con los finales felices.

Visita el blog de la autora: www.kristelralston.com